LA PRIÈRE DE L'ABSENT

Après la prière solennelle du vendredi, il arrive que quelqu'un demande à l'assemblée de prier pour l'âme d'un corps absent, un corps qui n'a pas été retrouvé. C'est une prière brève, un recours et un renoncement, comme une conspiration de l'oubli. C'est aussi le signe d'une étrange destinée que celle de Yamna, ancienne prostituée et mendiante, de Sindibad et de Body, deux vagabonds vivant au cimetière Bab Ftouh de Fès.

Chargés d'un enfant qui vient de naître entre les tombes, ils entreprennent la traversée du Maroc, du nord au sud, et vont, comme en pèlerinage, de ville en village, d'histoire en histoire, vers la tombe de cheïkh Ma-al-Aynayn, héros de la résistance marocaine (1830-1910), marabout de leur mémoire.

Il n'y a d'issue pour aucun, et pas d'impasse non plus, mais un itinéraire sans fin, à l'intérieur du pays comme d'eux-mêmes.

L'auteur cultive à la fois la fragilité et la passion du souvenir, et le récit s'inscrit, à l'image de l'histoire, comme un livre égaré qui nous serait, ici, restitué au fil des pages.

Écrivain marocain de langue française, Tahar Ben Jelloun est né en 1944. Il a publié de nombreux essais, recueils de poèmes, récits, pièces de théâtre. Il a obtenu le prix Goncourt en 1987 pour La Nuit sacrée.

Tahar Ben Jelloun

LA PRIÈRE
DE L'ABSENT

ROMAN

Éditions du Seuil

TEXTE INTÉGRAL

ISBN 2-02-031985-3
(ISBN 2-02-005913-4, édition brochée)
(ISBN 2-02-006281-X, 1ʳᵉ publication poche)

© Éditions du Seuil, 1981

Le Code de la propriété intellectuelle interdit les copies ou reproductions destinées à une utilisation collective. Toute représentation ou reproduction intégrale ou partielle faite par quelque procédé que ce soit, sans le consentement de l'auteur ou de ses ayants cause, est illicite et constitue une contrefaçon sanctionnée par les articles L. 335-2 et suivants du Code de la propriété intellectuelle.

*A mes frères
Abdelaziz et Mohammed*

A. Écrire m'irrite ou me fait honte; écrire est pour moi un besoin; il me répugne d'en parler, même sous une forme symbolique.
B. Mais pourquoi écris-tu donc?
A. Hélas! mon cher, en confidence je n'ai pas encore trouvé d'autre moyen de me *débarrasser* de mes pensées.
B. Et pourquoi veux-tu t'en débarrasser?
A. Pourquoi je veux? Est-ce que je veux? J'y suis forcé.
B. C'est bon, c'est bon.

    Nietzsche, *Le Gai Savoir* (93)

1

La passion de l'oubli

A présent qu'il était devenu un autre, il se sentait capable d'aller au-devant de sa plus grande douleur. Il venait de traverser une épreuve, longue et douloureuse. D'où ce besoin qu'il avait de s'absenter quelques jours, le temps d'oublier ce corps qu'il venait de quitter, cette peau gercée déposée entre l'herbe et la pierre, abandonnée près d'un nid de vipères, le temps de s'habituer à ce corps neuf qu'il allait habiter et occuper sans nostalgie. S'installer à l'insu du temps, dans un état de coma dont l'issue ne serait pas la mort. Il venait de remporter la première victoire sur lui-même, sur ses manques et ses petits desseins.

C'était une de ces âmes étroites où généralement il n'y a rien de bon et presque rien de vraiment mauvais. Alors il pouvait enfin s'emparer du temps et des histoires pour faire le point de sa vie antérieure, toute proche encore, et se mettre à la recherche de la substance essentielle qui donnerait à ce corps impatient souffle, vie et mémoire.

Sa vie ne sera pas tracée d'avance. Ses jours ne seront point réglés par la fatalité, mais seront sous le signe du destin, c'est-à-dire de cette mort éblouissante avec laquelle il devra compter malgré tout. Son épreuve lui apprit au moins ce qu'est vivre. Une voix lui disait : « Vivre?... C'est rejeter constamment loin de soi ce qui veut mourir. Vivre? C'est être cruel, c'est être impitoyable pour tout ce qui vieillit et s'affaiblit en nous, et même ailleurs. » « Et même ailleurs... » répétait-il dans une espèce de somnolence. Quelle exigence!

Pour l'instant, il jouissait de cet arrêt du temps comme un enfant. Il retrouva le rire et le sommeil; il ne se regardait plus dans le miroir. De toutes les façons son état nébuleux, sa forme vague et indécise ne pouvaient se refléter dans le miroir. Comme il se disait en riant : « Je ne suis pas encore fait ou du moins pas encore achevé! » Dans des moments de brève inquiétude, il observait ce miroir et l'examinait attentivement. Il le trouvait vieilli, égratigné par le temps, fatigué dans ses fonctions, désolé d'avoir à confirmer si justement, si amèrement l'usure et la désillusion. Que d'images, belles, jeunes et folles avait-il reflétées? Que de formes avait-il célébrées? Certes, le miroir devrait retenir les images par amour du temps ou par amertume de ne pouvoir les consommer, les isoler, les garder pour les redonner au vent d'automne.

Il savait qu'à partir du moment où le miroir lui renverrait son image, il ne pourrait plus se maintenir dans cet état de béatitude, un état de grâce survenant après la grande épreuve. Il savourait les vertus du vide. Il se sentait si léger, si libre et totalement détaché qu'il eut peur de ne plus exister du tout, peur de se dissoudre dans l'air, de devenir cet être de sable, ballotté par les vents et retenu par les touffes d'herbe sauvage sur les dunes. Être de sable et non de cristal, pour pouvoir s'effriter, se perdre dans le néant et se relever avec la première lueur de l'aube. Être impalpable, débarrassé de tout ce qui encombrait sa vie antérieure, une vie étroite de petit professeur de philosophie dans un lycée périphérique. Devenir poreux et faire de l'oubli une vertu du silence. Dépouillé de tout ce qui s'était amassé dans ce corps las, il n'était pas prêt de se remettre sous une quelconque tyrannie, mais se sentait disponible pour être une maison sur la mer ou un jardin ouvert sur de nouvelles prairies. La liberté de penser et d'imaginer était chaque instant plus grande, plus intense. Un tourbillon d'images, de couleurs et de mots s'empara de sa tête encore vacillante. Il eut un moment de petite mélancolie. Après tout, sa vie ne l'avait pas préparé à être un jour ce corps en instance de forme et de substance, cet être inachevé mais en pleine formation et accomplissement. Il avait appris dans les livres que le fondement de la vertu consiste dans l'effet de conserver son propre être, de persévérer dans son être et que le bonheur se trouve dans cette tendance essentielle.

Les livres étaient loin cependant du bonheur et lui se sentait rempli de nostalgie. Le retour sur soi l'oppressait et lui rappelait toute la fragilité du monde. Il aurait voulu, un peu pour se rassurer — mais en avait-il le droit et la force —, faire un signe à la ville endormie, caresser d'un geste de la main une des collines de Fès, sa ville natale, passer les doigts dans l'eau bénite de Moulay Idriss. Faire un signe aux pêcheurs de la petite ville d'Asilah, ou murmurer une prière dans l'oreille d'un vieillard sur le chemin du cimetière, ou dire une parole insolente à la face cuivrée d'un homme puissant, ou chanter un verset du Coran — lui qui faisait semblant de croire — dans les bras d'une mourante en baisant ses paupières lasses. Mais il savait les dangers de la nostalgie, une erreur laissée en chemin par la haine. Alors il se blottissait dans son bocal de verre et attendait sans bouger, sans penser, sans rêver, le lever du jour. Démuni de tout, il ne pouvait se permettre quelque faiblesse, car sa chute devait le mener aux cimes et à la lumière.

C'est pour cela que la lumière lui faisait peur. Il craignait son pouvoir : elle devait préciser dans le miroir son image pleine, son être achevé. Il préférait l'arbre et aimait dire « la valeur de l'arbre... c'est l'ombre! ».

Cet état de déliquescence lui convenait parfaitement. Il se laissait aller au fond de lui-même : ce n'était ni profond ni lointain. Il ne regrettait rien et le fait de penser au funambule le rendait gai.

C'était un voisin, un jeune Berbère du Sud; sec et mince. Il parlait peu mais ses yeux riaient tout le temps. Un voisin discret qu'il aimait bien. Il aurait aimé apprendre le berbère pour lui parler, mais il n'avait pas eu le temps. Il allait le voir quand il se produisait dans un cirque. C'était au fond le double qu'il aurait aimé se donner dans la vie. Il l'avait vu une fois s'entraîner dans la cour de la maison. Sa manière de danser avec grâce et légèreté sur le fil le fascinait, comme il était fasciné par le courage, la fermeté et le tranchant de ce corps très fin qui jonglait avec le risque. Lui, aurait aimé être acrobate ou pianiste. Son corps le gênait, il ne savait comment le rendre plus souple, comment le plier et l'adapter à des situations nouvelles. Il se balançait à l'intérieur de sa peau, ce qui lui donnait un peu le vertige.

LA PRIÈRE DE L'ABSENT

A présent il pouvait se permettre de regarder les choses avec hauteur. Il était plein de mépris, c'est-à-dire de pitié pour l'autre qu'il avait été. Ce n'était certes pas un monstre, mais il était possédé par l'esprit de lourdeur et de pesanteur. Il avait des certitudes et se laissait duper par l'apparence. Il croyait à la rigueur et à la logique de la réalité. On lui avait appris que les hommes de dignité et d'orgueil « périssent du raffinement de leur intellect », et lui consentit de mourir par effacement. Même son corps traîné sur la terre mouillée ne laissait point de traces. Pourtant il s'était appliqué à partir en flagrant délit de désobéissance. Ce fut là sa première action d'homme libre.

Cet état d'absence et d'insistance que seul un corps vidé, un être réduit à sa seule forme, pouvait connaître, lui procurait une espèce de sérénité mêlée d'inquiétude. En fait, il n'était pas totalement libéré de l'histoire, du passé et des traces de l'autre. Il sentait au fond de lui-même comme un reste de présence, un murmure de ce qu'il avait été.

D'abord les objets. Il n'avait jamais su vivre avec les objets. Il avait fait une fixation sur tout ce qui s'y rapportait. C'était sa manie. Dénigrer les choses qui piétinaient sa petite vie tranquille. Il en parlait bien : « Ils témoignent, laissés à leur place, ils se confondent avec le temps et son travail. Leur méchanceté consiste dans l'immobilité, une petite éternité qui perturbe notre regard. Les objets nous rappellent à nous-mêmes et nous envoient vers le lointain, cette autre durée échappée à l'oubli. On peut détourner la tête, regarder ailleurs, inventer un horizon pur de toute matérialité. Mais je sais qu'ils seront là. Ils encombrent notre espace! »

Maintenant il aspirait à cette immatérialité avec la folie d'un rêve délié. Il pensait à la substance comme d'autres pensent à la nourriture. Remplir cet être, lui donner un contenu, lui procurer une histoire et une euphorie, lui assurer la vertu. Il était persuadé que « la vertu n'est rien d'autre qu'agir selon les lois de sa propre nature »... Or il ignorait tout de cette nature. Son inquiétude le rassurait : il pouvait encore réagir, sentir que sa présence au monde n'était pas une chimère ou un rêve d'une nuit d'hiver. Avoir de l'angoisse lui importait plus pour le moment; il savait que c'était signe de vie et d'existence. L'angoisse bénéfique! Elle lui donnait de la fièvre. Il recherchait la douleur et même la peur comme un animal traqué. Traqué par le vide d'un espace blanc et illimité. Avoir mal. Souffrir. Être. Par la maladie il pouvait se raccrocher au monde. Cette inquiétude lui paraissait naturelle car il n'avait pas totalement rompu avec l'autre. Des liens invisibles persistaient. Il était certes débarrassé d'un corps encombrant, mais il entendait encore ses gémissements et ne savait plus quel sentiment il allait éprouver. Qu'importait la nature de ce sentiment! L'important était d'être encore capable d'éprouver quelque chose. Geindre! Se plaindre! Toute sa vie, l'autre avait cultivé le ressentiment : il ne savait souvent que geindre et se plaindre. Il en avait parfois honte. A présent il n'avait plus personne en face de lui pour se laisser aller à ses penchants. Il était plutôt préoccupé par la matérialité et l'épaisseur que le temps allait donner à son être.

Se rappeler à la vie, à la mort! Il passait en revue les maladies les plus douloureuses et les moins fatales : une rage de dents par une chaude nuit d'été; des calculs aux reins; un doigt coupé par un couteau de cuisine ou un ongle arraché par une portière...

Il se sentait un peu affaissé dans cette neutralité faite de santé et de vide. Son corps avait abdiqué pour une disponibilité encore toute petite. Il se savait à présent éloigné de la mort, même si son imagination en gardait encore le goût et peut-être même un peu de nostalgie. Toute sa vie son organisme avait pâti d'une bonne santé. Pas la moindre égratignure. Un corps sain, blanc, gras, las. Il pouvait se rebeller maintenant, souffrir, exister en dehors de toute sécurité. Réagir contre cet état de platitude, fouetter ses sens, perturber ses perceptions. Il allait enfin entreprendre le soulèvement qui donne l'inquiétude et la vie. Finie la paix. Finie cette lenteur qui assurait très convenablement le fonctionnement de ses organes. La guerre pouvait commencer. C'était là sa chance. Ce corps tant reposé allait enfin bouger, se transformer, suer, risquer son bien-être et mettre fin à la longue anesthésie. « La vie est un état d'insécurité absolue », lui avait dit un jour un vieillard fou. Il n'avait pas compris le sens de cette vérité, lui qui aspirait à la sécurité totale et s'y maintenait avec satisfaction et un bonheur d'une rare fadeur. Là il recherchait cette absence de santé avec minutie. La douleur allait le révéler à lui-même et peut-être aux autres. Il riait de cette conviction. Déchu. Voilà l'état où il voulait arriver. Il avait tellement entretenu ce néant d'être qu'il avait du mal à envisager la possibilité de faire face à la souffrance et encore moins à l'agonie.

Il était nu et déchargé de tout ce qui s'était accumulé dans ce corps plein, bien portant et absent à la vie. Grâce à la douleur qui commençait son cheminement, il accédait à la conscience. Une conscience violente, exigeante, passionnée.

Son imagination avait acquis une force et une capacité créatrices insoupçonnées. Grâce à cette libération il pouvait enfin jongler avec ses souvenirs et tabous, les déformer, les échanger et même les réinventer. Il se sentait aussi le pouvoir de rire de lui-même et de tout démolir d'un seul geste.

Il fut bien éduqué, mais ne savait pas manger. Il avait une manière d'avaler la nourriture qui dérangeait les gens à table. Il faisait du bruit en mâchant très rapidement les aliments. Sa femme le détestait en partie à cause de sa manière de manger. Mais lui exagérait pour exaspérer sa haine. En société il faisait un effort pour sauver les apparences. Mais dès qu'il rentrait chez lui, il se rattrapait en avalant des fruits juteux et en se barbouillant le visage. Il aimait par exemple manger les mangues. « Je les aime, disait-il, car ça dégouline et ma barbe en retient le parfum. »

Parfois il s'enfermait dans la cuisine, installait un énorme miroir sur la table, se mettait en face et mangeait en gesticulant. Il aimait la vulgarité du spectacle qu'il s'offrait. Il se parlait ou plutôt s'adressait au miroir et disait des obscénités. Il débitait à toute vitesse une série d'injures qu'un enfant bien élevé n'oserait jamais proférer. C'était là sa petite fantaisie, son audace, sa liberté. Il détestait son épouse, une cousine qui le méprisait à cause de son manque d'ambition. Il n'était qu'un professeur qui vivait grâce au crédit. Ame trop étroite, incapable de passion et de folie. Il n'osait s'écarter de la ligne droite de peur de provoquer un ouragan dans le lac stagnant de ses pensées.

Au bout de quelques mois il était arrivé à établir avec une jeune fille, brune et frêle, une de ses élèves à qui il donnait des leçons particulières, un rapport agréable, ambigu et très secret. Elle aimait le regarder manger. Elle devait être fascinée par cette liberté animale que le professeur prenait dès qu'il s'agissait de nourriture. Il savait qu'elle aimait sa façon d'avaler les fruits. Alors il en faisait trop et poussait loin le rituel auquel il ne désespérait pas de donner un aspect érotique, l'aspect d'une séduction brutale. Il aurait tellement aimé déposer sa main sur les petits seins de la jeune fille ou passer son pouce entre les lèvres de sa bouche. Il n'osait pas. Il accumulait les désirs et les abandonnait à la nuit froide. Toute sa vie il n'avait su qu'accumuler. Sa mémoire en souffrait et était tellement chargée qu'elle frisait le seuil de l'amnésie. Il était capable de faire le choix entre tout ce que sa tête enregistrait. Il y avait là un stock lourd. A l'âge de trente ans, sa tête penchait déjà et son dos était courbé. Il savait que sa mémoire fonctionnait sans grande subtilité ni intelligence. Elle ramassait tout et retenait beaucoup de choses. C'était une pelle machinale qui ne faisait pas de différence entre l'essentiel et l'insignifiant. Aussi il se souvenait parfaitement de ses rêves, mais rien ne prouvait qu'il ne les confondait pas avec ses souvenirs. Il était capable d'énumérer un nombre impressionnant d'astres. C'était son plaisir, un jeu où la performance l'emportait sur l'intelligence. Il n'arrivait pas à ordonner ses visions. Il y avait là un désordre soutenu par l'instantanéité. Il disait que « le fou est celui qui ne connaît pas l'oubli ». Il était à présent décidé à s'asseoir sur le seuil d'une porte, à l'orée du mystère et de l'oubli.

Rien de marquant ne s'était donc passé dans sa vie. C'était cela la tristesse. Il était ainsi arrivé au terme d'une petite vie sans avoir été vraiment utile à quelqu'un ou pour quelque chose. Il se comparait à la bouée de sauvetage qui n'a jamais servi. Il l'avait lu dans un livre qui parle de l'homme et du temps : « Une bouée de sauvetage, sur un grand navire, peut l'accompagner dans ses croisières des années durant, tout en restant fixée à la lisse. Puis on la met au rebut, sans qu'un homme en péril de noyade s'en soit jamais ceint. Des milliers de bouées naviguent ainsi sur toutes les mers et n'accèdent jamais à leur destination. »

Lui au moins il allait être utile à lui-même et enjamber la grande tristesse que fut sa vie. Il la qualifiait déjà de « vie antérieure ». Quelle impatience! De cette vie antérieure, seuls deux événements, l'un d'ailleurs plus important que l'autre, méritaient d'être retenus : deux dates inscrites sur une même stèle, deux moments élus par sa mémoire encore toute neuve, une mémoire vidée, nettoyée, débarrassée de la paille et des herbes mortes. Deux événements que le calendrier de la famille avait soigneusement enregistrés, le premier — plutôt sans grand intérêt — concernant sa naissance; le second, beaucoup plus important parce que libérateur, concernant sa mort. Entre les deux, il ne s'était rien passé ou presque. Alors que sa venue au monde était un fait

banal, une petite joie vite enterrée et oubliée, sa mort —
une disparition progressive et magique — prenait l'allure
d'un grand moment de l'histoire; pas celle du pays,
mais celle de son entourage, l'histoire de ceux qui
l'avaient connu et peu ou mal aimé.

Cet excès de lucidité, cette exigence haute et belle le
rendaient plus humain avec lui-même. Il fallait faire
le propre, disait-il, faire le propre dans moi-même et me
relever. Il n'y a rien de tel pour humilier un homme
que de le cantonner dans une petite vie. On peut ainsi
humilier tout un peuple et l'habituer à la résignation et
au silence!

2

L'année du typhus

Un jeudi matin de l'an mille neuf cent quarante-quatre. Dix heures trente d'un printemps traversé par l'épidémie, le manque et la famine. Fès a fermé ses portes et compte ses morts, victimes du typhus. Dans une ruelle basse et étroite appelée sans ironie « Borj Dhab »[1], la porte d'une maison aux murs fissurés est entrouverte. Des enfants, pieds nus, montent des roseaux et courent dans des champs imaginaires. La rue est pierreuse. La boue a séché depuis les dernières pluies. Un rayon de lumière éclaire la voûte apparemment fatiguée mais solide. Fès ne se donne pas. Elle reste pliée sur son mystère. Fière de son âge et de son secret, elle ne commet jamais la vulgarité qui consiste à ouvrir ses entrailles pour l'étranger. Une ville qui a avalé l'œuvre du temps, étalant le voile sur la pierre et renvoyant le soleil vers le sud. A l'intérieur de la maison, au milieu de la cour, un mince jet d'eau irrigue la petite fontaine où une vieille femme, Lalla Radhia, est en train de faire ses ablutions pour la prière. C'est la sage-femme, arrivée à la maison à l'aube. Elle prie sous l'arbre sec, un vieux citronnier, puis s'assoit sur le bord de la fontaine, impassible. Elle attend. Tout le monde attend. Une

---

1. Citadelle d'or.

femme noire circule dans la maison en balançant un encensoir d'où sort une fumée légère et parfumée. C'est le parfum du paradis. Peu d'hommes dans la maison. Ils sont partis tôt le matin faire la queue pour avoir les bons de rationnement.

Dans la pièce principale, la femme enceinte couchée sur son matelas de laine gémit à intervalles réguliers. Elle affronte les premières douleurs dans l'indifférence de Lalla Radhia. Après tout, pourquoi s'agiter ? Ce n'est qu'une naissance, une naissance normale. Elle le serait encore plus s'il n'y avait la guerre au loin et si Fès ne devait vivre sous le régime du rationnement.

La guerre mondiale est loin, loin de Fès qui garde son calme et sa sérénité. Les soldats marocains que la France a requis ne sont pas des Fassis, des citadins. Ce sont en majorité des hommes des montagnes et des plaines, des Berbères, des paysans rudes. Les hommes de Fès cultivent un sentiment de supériorité parce qu'ils ont la peau blanche et grasse. Même pauvres, ils aspirent à une forme d'aristocratie propre aux citadins. Ce sont des hommes de la cité, hommes de l'intérieur des remparts, couvés par les mères et les épouses, prudents, calculateurs, souvent égoïstes et généreux dans les limites du clan. Gardiens de la tradition, et des certitudes, ils ne font pas la guerre : ils font de la politique. Ils aiment trop leur corps pour l'exposer à la violence de la pierre et de l'histoire. Ils le protègent et se préservent en permanence. C'est en cela qu'ils persévèrent en leur être, le conservent et en sont satisfaits. Ils se marient entre eux et verrouillent leurs portes par peur ou mépris de l'étranger. Est considéré comme étranger, celui qui n'est pas de Fès.

La femme enceinte s'est mise à genoux. Elle appelle au secours. Sa mère, assise dans un coin de la chambre la regarde sans bouger, égrenant son chapelet. Lalla Radhia quitte la fontaine, retrousse ses manches et fait signe de la tête à son assistante qui la suit. Elle passe ses mains épaisses sur le ventre de la femme enceinte. Son aide vient par-derrière, applique ses genoux contre le dos et la tire de toutes ses forces vers elle. La femme s'accroche à elle comme aux branches d'un arbre et tire sur ses vêtements. La sage-femme demande qu'on chauffe l'eau et que tout le monde quitte la pièce, à l'exception de la mère. Calme et résignée, elle attend, occupée dans ses prières psalmodiées.

Commence alors la série d'invocations. Tout en caressant le ventre impatient de la jeune femme, Lalla Radhia récite ses appels :

يا رسول الله
غيث بهذ النفيسة
يا الله !

Ô Envoyé de Dieu
Viens au secours de cette femme enceinte
Ô mon Dieu!

L'assistante et la mère répètent après elle. La jeune femme mord dans un chiffon pour ne pas hurler de douleur.

ملذ سكة بالحنايب
روّزيني وجه الغايب

Amis les anges
Montrez-nous le visage de l'absent!

شِدَّةٌ بين الشِّدَّةِ
ولا شِدَّةَ إلَّا بِاللَّـهِ
يا من ضاق عليه الحال
نَعيِّطْ، يا رسولَ اللَّه

Un moment difficile dans un moment difficile
Mais il n'y a pas de difficulté quand on est avec Dieu
Ô toi qui traverses un moment dur
Fais appel à l'Envoyé de Dieu

سيدي يا بالعَبَّاس
يا مخلِّص النفاس
غيث بنت النَّاس
يا وَلي اللَّـه

Sidi Ben El Abbass
Ô toi qui intercèdes pour les enceintes
Viens au secours de cette fille de famille
Ô toi Saint d'Allah.

La femme, comme hypnotisée par les appels et les prières, ne crie plus. Elle répète des bribes de phrases tout en contenant ses douleurs.

Toute la famille s'était mobilisée pour que cette naissance ne souffrît pas trop des rigueurs de la guerre. Le grand-père s'était occupé du mouton, le sacrifice pour accéder au nom. Il avait donné de l'argent et du sucre à un berger de Sefrou pour lui garder un mouton. Le frère aîné s'était occupé des provisions d'huile d'olive; le cadet s'était procuré un sac de farine et cinq pains de sucre. Quant au mari, il s'était chargé de tout le reste. La chaîne de solidarité inter-familiale avait joué pour cette naissance. La guerre, le typhus, et la famine ne devaient pas empêcher des citadins de souche de célébrer une naissance.

Le visage de la femme se crispe. Elle ne mord plus dans le chiffon mais hurle de toutes ses forces. Lalla Radhia se met aussi à genoux. L'assistante tire vers elle. La mère prie à haute voix.
Dix heures trente d'un matin frais. Une lumière douce règne sur la maison. Les enfants jouent dans la cour ouverte sur le ciel. Une vieille mendiante, recueillie par la famille, monte à la terrasse et pousse un you-you, un cri de joie. L'enfant apparaît. Ni beau ni moche. Un gros bébé. Lalla Radhia sourit pour la première fois. « C'est un homme! » dit-elle. Sur un plateau, un citron vert coupé en deux. Elle met une toute petite goutte de citron dans chaque œil du bébé. « Il sera lucide et clairvoyant », dit-elle entre ses lèvres. Elle quitte la chambre, emporte son couffin et va dormir dans une pièce sur la terrasse, loin du bruit.
Dans l'après-midi, elle vient voir l'enfant. Elle lui ouvre la bouche et y introduit son index. Elle vérifie s'il n'est pas né avec une dent. Elle retire son doigt et soupire, soulagée : « Merci mon Dieu! »
Naître avec une dent n'augure rien de bon.
Le bébé se porte bien. La mère affronte tant bien que mal les douleurs d'après l'accouchement. A présent, Lalla Radhia qui avait préparé du *fenjel*, une plante très verte séchée, moulue et raffinée, la mélange avec de l'huile et du citron et l'étale sur le ventre endolori qu'elle ceint d'un pansement. L'effet est immédiat. Les douleurs s'arrêtent.

Au septième jour de la naissance, le grand-père égorge le mouton, à l'aube, après la première prière. Il prononce la *Fatiha*, lève ses mains au ciel et prie Dieu pour que ce garçon soit homme de bien, droit et vertueux, discipliné et sage, porteur de bonheur et de bien-être, riche et savant, juste et bon musulman, l'enfant avec lequel finiront les guerres et la misère et qui apportera la paix aux fils de l'Islam et à la Communauté unie de la ville de Moulay Idriss, fondateur et père de Fès.

Après la prière de la naissance, la prière qui donne le nom et fixe les racines de l'être, le grand-père invite toute la famille à manger et prononce le nom : Mohammed Mokhtar.

Ainsi cet enfant a été conçu pour être élu, élu selon le nom, symboliquement. Élu pour une vie tracée, pour un destin qui avance déjà vers la pierre, l'herbe, l'arbre magique et le cimetière.

Le service des enterrements auquel s'étaient joints des volontaires était débordé en cette saison où le typhus décimait des familles entières. Les enfants avaient trouvé à s'occuper de manière morbide : ils regardaient passer les enterrements comme d'autres regardent passer les trains. Ils comptaient les morts et se mêlaient à la foule qui suivait plusieurs cercueils.

La médina de Fès étouffait sous les coups répétés du malheur. Les ruelles étaient encombrées par les cortèges funèbres, et la vie, déjà perturbée par les conséquences de la guerre, devenait de plus en plus dure. Une petite fille à la chevelure longue et noire, aux yeux gris et au sourire ambigu, se promenait dans la ville, apparemment indifférente à ce qui s'y passait. Elle se faisait appeler Nedjma. C'était une fille étrange. Personne ne la connaissait. Elle devait avoir huit ans tout au plus. Dans la poche droite de sa robe blanche, il y avait une boîte d'allumettes pleine. Dans l'autre poche une boîte vide. Nedjma rôdait en silence autour des mosquées et comptait les morts : pour chaque victime de l'épidémie elle allumait une allumette et la mettait dans la boîte vide. Quand le corps était celui d'un enfant ou d'un adolescent, elle ne gardait qu'une moitié d'allumette, le bout éteint devait représenter une fille et l'autre un garçon.

Le soir, elle sortait toutes ses allumettes, les étalait et faisait le compte. Elle passait ainsi son temps depuis le jour où ses parents furent emportés par le typhus. Alors elle s'en allait errer dans la ville, seule, silencieuse, sans haine, à la recherche de l'étincelle qui pouvait lui donner un peu d'espoir et de pain.

Certes les citadins de Fès ne font pas la guerre. Ils font de la politique! Fès fut le lieu d'où partit le mouvement nationaliste. Ainsi, l'année du typhus, les quelques bourgeois et artisans nationalistes se mêlaient aux enterrements, participaient dans les mosquées à la prière de l'absent et traversaient la ville sous le regard embarrassé et soupçonneux des « lassourtis » (on désignait ainsi les policiers en civil, des Arabes qui collaboraient avec les services de renseignements généraux français). Entre deux prières funèbres se glissaient deux ou trois slogans pour la revendication de l'Indépendance du Maroc :

لَا إِلَهَ إِلَّا اللهُ
لَا حَوْلَ وَلَا قُوَّةَ
إِلَّا بِاللهِ

Il n'y a de divinité qu'Allah
Il n'y a de puissance et de force que dans la foi de Dieu

المَغْرِبُ لَنَا
وَلَا لِغَيْرِنَا !
لَا لِلِاسْتِعْمَارِ !
الإسْتِقْلَالَ حَالًا !

Le Maroc est à nous, pas à d'autres que nous...
Non au colonialisme
l'Indépendance maintenant...

لَا إِلَهَ إِلَّا اللهُ
مُحَمَّدٌ رَسُولُ اللهِ

Il n'y a de divinité qu'Allah
Et Mohammed est l'Envoyé d'Allah

إِنَّا لِلَّهِ
وَإِنَّا إِلَيْهِ رَاجِعُونَ

Nous appartenons à Dieu
Et c'est à Dieu que nous retournerons...

مَغْرِبٌ حُرٌّ وَمُسْتَقِلٌّ !

Maroc libre, indépendant et souverain!

Durant ces enterrements détournés, certains rappelèrent le fameux slogan des manifestations contre le *dahir* berbère de 1930[1] :

اَللّٰهُمَّ يَا لَطِيفُ، نَسْأَلُكَ اللُّطْفَ
فِيمَا جَرَتْ بِهِ المَقَادِرُ
وَلَا تُفَرِّقْ بَيْنَنَا وَبَيْنَ
إِخْوَانِنَا البَرَابِرْ !

> Ô mon Dieu le Bon!
> Nous implorons Ta Bonté
> Pour ce qui est arrivé à la fatalité
> Et que rien ne vienne nous séparer
> de nos frères les Berbères!

Un petit chef « lassourti », une brute d'origine algérienne, avertit ses supérieurs français. Le lendemain une section de goumiers dirigée par le petit chef tendit une embuscade aux manifestants, à l'intersection de plusieurs rues de la médina, sur le petit pont du Rsif, le marché le plus fréquenté de la ville surtout en cette époque où beaucoup de monde y attendait l'arrivée des paysans des environs qui venaient vendre leurs légumes et volaille. L'attaque fut une surprise brutale. Les goumiers tirèrent en l'air et se défoulèrent ensuite avec leurs gourdins sur la foule du cortège funèbre prise de panique. Les morts furent piétinés et leur linceul déchiré.

---

[1]. Le *dahir* berbère de 1930 est un décret émanant de l'administration française et prévoyant une juridiction différente pour les Marocains d'ethnie berbère. La lutte contre ce décret réunit tous les Marocains, arabes et berbères. De là on peut dater la naissance du mouvement nationaliste pour l'Indépendance du Maroc.

Un groupe de goumiers s'acharna sur le cadavre d'une femme dont on ramassa plus tard les morceaux.

Le Rsif était devenu un champ de bataille où des bottes avaient écrasé les corps d'enfants et de vieillards et surtout déchiqueté des morts.

Le corps des Fassis venaient de recevoir des coups. Ce n'était pas un mal. Au contraire, cette répression brutale réveilla certains esprits qui voulaient rester à l'écart. Le parti de l'Istiqlal s'organisa clandestinement. Dans d'autres foyers, la peur était plus forte que le sentiment de révolte. Le grand-père verrouilla la porte de la maison où venait de naître Mokhtar et interdit à quiconque de sortir. Il rassembla tous les hommes et leur dit : « Nous aussi nous aimons notre pays. Nous sommes arabes et musulmans. Nous vomissons le colonialisme et la présence des Chrétiens sur notre terre. Il y a la guerre dans le monde. Il y a le typhus dans Fès. Nous ne nous laisserons pas acheter et vendre par les provocateurs, des soi-disant nationalistes, mais qui sont envoyés par les Français pour s'infiltrer dans la foule qui pleure et enterre ses morts. La violence entraîne la violence, et nous, fils de famille, nous ne sommes pas faits pour la violence et la guerre. Notre résistance doit être pacifique. C'est avec le Coran, la foi en Dieu et l'amour de Mohammed, Son Prophète, que nous réussirons à expulser les Français, les Chrétiens du Maroc!... »

Avant même de terminer son discours, le plus jeune de ses fils, âgé de dix-sept ans, partit en s'enfuyant par la terrasse.

La femme noire, faisant l'idiote, prit la place du vieux sous l'arbre et l'imita en ironisant : « Les Français auront peur de notre résistance pacifique. Pacifique... La guerre est pacifique... Et les morts piétinés au Rsif... Pacifique le coup de canon... Allah, Allah, notre sauveur... Viens sauver la peau blanche de mon maître... Il a peur des coups... il a peur pour son magasin de tissus... les Français sont nos amis... les « lassourtis » nos ennemis... Allah, Allah, la vie est dure pour les ventres gras noués par la peur... la peur... » On l'enferma dans des toilettes secondaires où les rats venaient de temps en temps. Quand on la libéra le soir, elle était en plein délire et parlait comme une visionnaire, les yeux ouverts, fixant le plafond : « Emmenez-moi au marabout de mon village. Il veut me parler, je l'entends qui m'appelle, il me dit des choses importantes, il me parle d'avenir, oui je l'entends, il est sur le chemin de retour de La Mecque. Il dit qu'après la guerre, il y aura le feu dans la ville, les enfants ne pardonneront pas, ils vous quitteront, ils iront vivre au cimetière, vivants parmi les morts... Fès ne sera pas dans Fès... Les murs tombent et les rues sont enterrées... C'est la ruine de l'arrogance et le temps qui tombe en désuétude... Je veux de l'eau, beaucoup d'eau pour sauver le nouveau-né, sinon il sera à votre image, enchaîné par la mort et la résistance pacifique... De l'eau... de l'eau... »

Elle s'endormit, abandonnée, seule avec ses visions et ses djinns.

Quelques jours plus tard, le magasin du vieux fut brûlé en même temps que toutes les autres boutiques de la Qissaria. Provocation policière ou première action nationaliste ?

3

Oublier Fès

Il s'était assoupi dans sa cage qui n'existait que dans sa tête et dont il avait minutieusement tracé les lignes dans l'espace (il était le seul à en définir les dimensions) et rêvait à ses projets immédiats : construire une demeure, une maison tout en courbe, dôme et angle arrondis, sur une terre mobile, sur la mer par exemple. Une maison qui aurait plusieurs horizons à offrir et des fenêtres qui se déplaceraient au gré de l'humeur et des vagues. Il la construirait avec du liège et du bois, la peindrait aux couleurs de l'océan avec lequel elle se confondrait. Elle serait tantôt bleue, tantôt verte, rarement grise et désenchantée. Il savait par intuition qu'aucune architecture n'a pu tirer le ciel à soi comme l'architecture arabe. Il se rappelait ce qu'un architecte égyptien qui avait essayé de construire avec le peuple de Gourna, disait : « Ici, le ciel et la terre sont confondus dans une étreinte. Et dans chaque maison de ce vieux quartier les quatre murs fermant la cour sont des colonnes, elles soutiennent le toit : le ciel. »

Une maison ouverte sur le ciel et qui flotterait sans jamais sombrer ni chavirer. Ce ne serait ni un bateau ni une bouée de sauvetage mais une image issue du paysage lointain, une dune sur le sable, un figuier sur la colline, un foyer où feraient halte quelques pirates imaginés. De ce lieu, il verrait le monde mais le monde ne le verrait point. Les pirates empruntés aux livres d'aventures deviendraient au crépuscule des fantômes marins avec lesquels il entretiendrait des rapports de bon voisinage. Ils seraient admis dans son univers tant que la sirène Aïcha, comtesse en péril, ne lui rendrait visite par une nuit claire, juste avant la tempête.

L'Empire du Secret avait une reine. Sirène ou silhouette de l'aube, elle heurtait les nuits agitées des enfants et des mourants. Elle redoutait la lumière qui dissolvait ses formes et mettait en danger les secrets de son Empire...
Elle se faisait appeler Ghoula, Mina-la-Chauve, l'Œil-de-l'Éclair, Bent-Mqabar, Fiancée-de-la-Mer, Hamqat-Njum, Gazelle-des-Ténèbres... Mais tout le monde l'appelait Aïcha Kandisha. C'était l'ogresse traditionnelle invoquée pour faire peur aux enfants. Elle ne détestait pas faire peur aux adultes.
Lui, il la voyait comme une belle et étrange dame qui procurerait à son corps tout le plaisir, toute la santé et l'ivresse que son épouse n'avait jamais ni su ni pu lui donner. Il l'imaginait, rasant les murs de la nuit, surgir comme un feu entre ses mains. Issue des ténèbres et d'autres mystères, elle serait esclave d'amour et reine du secret. Une image esquissée par le rêve et maintenue en vie par le désir fou de ce corps tremblant, appelé à naître pour un destin de sable.
Sa beauté, alliée au sang et à la mort (par ses baisers

elle verserait du venin dans le sang de ses amants de passage), ferait d'elle une comtesse éternelle, vouée à la luxure, à la souffrance et à l'insomnie permanente. Vivrait-il avec Aïcha-la-Comtesse dans cette maison non encore construite? Être des ténèbres, être de la nuit, entrer dans l'Empire du Secret et ne plus en sortir... Il eut peur. Ce qui le rassura d'ailleurs. Son âme ne l'avait pas totalement abandonnée.

D'un geste bref, il écarta ces pensées et images. Il retrouvait l'espace qu'il découpait et redécoupait à l'infini. C'était là sa liberté : s'emparer du vide et de l'oubli. La maison se déplaçait de l'horizon au rivage, des sables aux mers lointaines, mers hautes.

Une forte migraine l'empêcha de continuer à élaborer ses plans. Une voix lointaine, grave et familière, le tira de sa rêverie. La voix de Lalla Malika, sa grand-mère. Elle avait traversé presque un siècle. Elle partit un jour dans le sommeil. Douce et belle. Enterrée à même la terre, sans linceul. C'était une de ses exigences. Il entendait sa voix, et voyait ses mains, grandes, larges. Des mains ayant fait le pain et donné la vie. Des mains épaisses, ridées et d'une grande finesse. Des mains lourdes mais pesantes. Des mains traversées de tendresse.

La voix était précédée de ces mains qui cachaient le ciel :

> Ainsi, mon enfant, tu es devenu, tu vas devenir un autre. Arraché aux entrailles de Fès, tu es remis à ses pierres et à sa terre chaude.
> Ainsi, mon enfant, tu es nu, nu devant le temps,

libéré de tant d'années inutiles, libéré de la pesanteur d'une famille qui aime en étouffant, reposé d'une vie petite et sans fièvre.
Je te vois léger, même si tu n'as pas encore reçu toute la substance. Je te connais et je ne t'ai jamais oublié. Je savais qu'un jour mes mains allaient rencontrer ton visage, ma voix te donner souffle et vie, des mains et une voix hors des murailles. Elles viennent du Nord pour t'emmener au Sud, vers les sables et l'Histoire. Je savais qu'un jour tu renverserais le calme et l'ordre des choses.
Ta vie était trop préservée pour ne pas receler un territoire d'insolence. Des dunes entières se sont déplacées à ton insu et toi tu te laissais entamer par l'érosion irrémédiable.
Moi aussi j'aurais pu changer de corps et de vie, mais j'étais liée à la terre, prise dans ses racines, liée à l'argile de la naissance. Ces mains sont des mains éternellement émues. Elles ont accueilli des vies frêles, cris de la première violence. Ma vie était de ces émotions banales mais profondes. Et puis comme disait un philosophe « on n'est jamais si bien puni que pour ses vertus ». J'allais partout, guidée par ma passion, dans une société qui accumulait l'humiliation. J'essayais de lutter contre les superstitions, contre les charlatans, contre l'ignorance. J'allais sur mon mulet dans des villages très pauvres aux environs de Fès. On venait souvent me chercher au milieu de la nuit, je partais toujours. Toujours prête. La naissance est une impatience...

Il essaya de localiser le lieu d'où venait la voix. Les mains bougeaient telles des silhouettes ou des apparitions. Il se leva en sursaut, il courut, aveugle, tâtonnant à la recherche d'un rayon de lumière et d'un miroir. L'épreuve était encore plus douloureuse car rien de consistant ne répondait à sa peur. Son nouvel état d'existence ne pouvait être de tout repos. Il devait, dans un premier temps, contraster avec le précédent. Lui-même il était tantôt une voix, tantôt une vue. Rarement les deux à la fois. Il trouva le miroir et l'interrogea :

— Mais qui suis-je? Je veux être, exister, être palpable, avoir une figure, des mains, un corps... Mais où suis-je? Où est la lumière de ma naissance?

La voix de Lalla Malika, grand-mère et sage-femme lui répondit :

> Ne sois pas impatient mon enfant. Laisse la lumière entrer avec douceur. Ne crie pas. N'ouvre pas trop brutalement les yeux. Je te dirai le moment de ta naissance. Vide d'abord ta mémoire, lave tes phrases, nettoie tes images. Débarrasse-toi de l'autre que tu fus. Ce n'est pas fini. Un peu de patience... Je vais t'aider... Écoute-moi :

> ... Fès 1944. L'année du typhus et des Français. Les nationalistes portaient le tarbouche rouge. Ce qu'on a appelé plus tard le fez, il venait de Turquie. Ils s'habillaient aussi de djellaba watania, djellaba en laine tissée à la main par les paysannes d'Azrou. Quand je devais aller de l'autre côté de la ville, vers la route de Sefrou, je traversais la ville nouvelle, occupée par les Chrétiens et les soldats

sénégalais. Ils n'osaient pas s'aventurer dans la médina. Ils y envoyaient les soldats noirs, les goumiers et les gendarmes algériens. Quand je passais donc devant les Français, je baissais mon voile et les regardais droit dans les yeux. Tu comprends, une femme se voile quand elle est en face d'hommes. Les soldats français n'existaient pas!
J'arrivais souvent tôt le matin dans ces villages que Dieu avait abandonnés depuis longtemps. Vides. Nus. Des dortoirs pour les *khammas,* les ouvriers qui trimaient chez les colons. Des villages où on avait appris à attendre, où la lumière, même quand elle est belle, ne cachait point la misère et la faim.
Les enfants venaient au monde dans des langes de fortune; les parents rêvaient déjà d'école, de jardin, et de vie. L'espoir commençait avec le premier cri. Ces enfants nés sur une terre muette, stérile et piétinée par l'intrus, étaient un moment de grâce, un répit dans le lent cheminement de la mort.
On me payait souvent en nature : un sac de blé, ou un panier d'olives, de la volaille, et quand les parents du nouveau-né étaient totalement démunis ils me donnaient une pincée de sel et beaucoup d'humilité dans les yeux...

Oublier Fès, les ruines de l'âme. Approcher l'extase et attendre la grâce.
Ses pensées cheminaient sur des routes étroites. Aux prises avec son passé, et celui aussi de sa famille; il devait le revoir, écouter ses litanies, subir son récit. C'était cela la dette, car on ne commet pas un meurtre,

fût-ce sur soi, sans en payer le prix. On dit que les moments de notre histoire repassent à toute vitesse devant notre conscience quand nous sommes rappelés par la mort. Dans son cas, il y avait un problème de vitesse. Son histoire (l'histoire des autres) n'en finissait pas de repasser, de se raconter, de se dire et redire. Il pensait que son histoire, toute personnelle, n'intéresserait personne, qu'en se débarrassant de son corps, il la liquiderait par la même occasion. Occupé par elle, à présent, il ne pouvait plus veiller convenablement sur l'autre qui pointait à l'horizon des naissances. Oublier Fès. C'était cela l'impératif.

Nommer l'heure et le jour, nommer le lieu et la fontaine de la naissance. Nommer la mort des uns et des autres. Anonymes. Nommer, graver sur la planche coranique ou sur la pierre tombale, tracer les contours de la citadelle, faire le tour des murailles et dessiner les formes subtiles et changeantes du corps pour mieux détruire, pour en finir avec la charge lourde et inutile du passé. Effacer, couper les racines de ce passé, son passé, celui qui s'était malencontreusement amassé dans un coin de sa vie et qui se faisait tumultueux à l'heure de l'oubli. Le passé des autres, c'était un jardin d'hiver, entouré de verre. Il le considérait avec déférence, avec envie, avec regret. Il comprit que seul le récit de son histoire pouvait le laver de cette emprise, le détacher définitivement de ces liens.

En ce matin froid, il se mit à l'écoute. La voix de la grand-mère était le lien et le chemin de la libération. Ses mains étaient là pour l'assurer de sa présence. Pour la suite de l'histoire, il avait acquis — de manière définitive, semble-t-il — la vue et l'ouïe :

... Confirmer ou infirmer la réalité de ta vie importe peu. Rapporter les paroles de cette vie, dans leur vérité ou dans leur erreur est une question d'opinion.
L'histoire de Fès est aussi celle de tout le pays. C'est une histoire où les mots étaient aussi importants, aussi graves que le sang versé.
Bien avant ta naissance, le 13 octobre 1937, les Fassis — riches et pauvres, commerçants et artisans, lettrés et illettrés — se réunirent au sanctuaire de Moulay Idriss. Les mots de « patrie » et d'« indépendance » furent prononcés. Quelques jours plus tard le général Nugus [1] occupa avec son armée la médina et encercla l'université de la Qaraouiyine.
Les murs, témoins d'autres hérésies et d'autres viols, résistaient.
Le général Nugus ne supportait pas de voir les Fassis rassemblés dans les mosquées où ils ne se contentaient pas de prier. On raconte qu'un jour il s'était déguisé en musulman et, au moment où il se déchaussait pour entrer à Moulay-Idriss, il fut reconnu par des jeunes gens. Il faillit être lynché. Mais très vite les « lassourtis » l'entourèrent et le protégèrent. De la mosquée parvenaient les litanies obsédantes du *Latif* répétées à l'infini jusqu'à la transe : *« Ya Latif! Ya Latif! »* C'était l'appel des musulmans à la bonté d'Allah, invoquant son secours. Énervé, le général, gardé par ses hommes, proféra des menaces haineuses devant la grande

---

[1] Général Noguès.

porte de la mosquée. Il criait fort pour couvrir les *Latif* dits en chœur par une foule imposante et disciplinée. « Le mot indépendance doit disparaître des cœurs et des bouches. Les mosquées sont des lieux de prière, pas des cellules pour les rassemblements politiques. Aucune indulgence pour ceux qui sèment le désordre et la subversion et qui veulent opposer les Français aux indigènes. »
La litanie du *Ya Latif!* parvenait au général de plus en plus amplifiée. Il perdit son sang-froid et cria : « Votre *Latif,* je crache dessus! Je l'écrase sous ma botte! »
Il partit plus furieux que jamais. Moi, j'étais là, par hasard, je rendais visite au mausolée de Moulay-Idriss. J'étais venue prier, j'assistai au début du soulèvement de Fès contre la France.
Quelque temps après, ce fut ce même général (il n'aimait ni les Arabes ni les juifs) qui demanda au roi de le laisser s'occuper des juifs. Sidi Mohammed refusa avec fermeté et protégea nos frères juifs. Nugus était malheureux. Tout lui échappait. Son fils préféré mourut dans un accident mystérieux, victime en vérité du *Latif* blasphémé...
Quand beaucoup plus tard, bien après l'entrée des Américains, les Français massacrèrent les Fassis, traqués dans le labyrinthe de la médina, ton grand-père ne verrouilla plus les portes et laissa la liberté à ses enfants d'aller rejoindre le parti de l'Istiqlal.
Tu étais encore très petit quand la France fusilla des jeunes gens qui avaient osé demander le départ des Français. Nous n'avions même pas le droit de célébrer nos morts. La France voulait les jeter dans

une fosse commune, mais les patriotes les enterraient la nuit.
Ton grand-père donnait de l'argent aux *fidaï*. Ton oncle le plus jeune, il n'avait pas vingt ans, avait disparu. Mais comme il était indiscipliné et ne bénéficiait pas de la bénédiction du père, on faisait croire qu'il était devenu un bandit. C'était un révolté, un fou de la vie. Il fut abattu par des « lassourtis » à la sortie de Fès.
On ne t'en a jamais parlé. Il s'appelait Abbas et n'aimait pas l'ordre et les certitudes de Fès. Il était pour eux l'exemple à ne pas suivre. Alors ils l'ont annulé, expulsé de leur cœur et de leur esprit. Mais y avait-il jamais été? Il fréquentait les artisans et les bâtards, les coupeurs de chemins et les enfants de l'exode rural. Certains ont prétendu qu'ils l'avaient vu partir dans une jeep américaine avec une putain de Bousbil Moulay Abdallah [1]. Il doit être aujourd'hui gardien dans l'Empire du Secret.
Et toi, enfant malade et mal aimé, tu te laissais bercer par le temps et ses apparences. Tu as grandi assez vite et au moment de l'Indépendance tu étais déjà un homme. Ils te marièrent avec une de tes nombreuses cousines. Tu acceptas sans dire un mot. Toujours raisonnable, modéré, discipliné. Tu fis des études convenables, sans surprises, sans embûches. Tout était tracé. Tu n'as fait que suivre le fi! du temps. Jamais d'excès. Égal à toi-même. Fidèle à la ligne et au calme plat que tu recherchais partout. Bien sûr, pas de politique ni de sport. Le

---

[1]. Bordel de M. Prosper.

principe essentiel fut celui de l'économie : tu t'es toute ta vie économisé. Pas d'effort. Pas de risque. Pas d'aventure. Tu étais très émotif et ta seule folie, ta seule perturbation notable était ton mal de tête dont la violence changeait, ou du moins changeait tes réactions, ton humeur et ta prise sur le réel. Le mal de tête te rendait ta part de violence et toute l'énergie accumulée et non dépensée. La douleur était telle que tu devenais un autre homme, un homme souffrant mais vivant, recevant les décharges de la vie et du mouvement du temps. C'était en ces moments de crise que l'autre en toi, celui qui aurait dû être là, se manifestait. Tous les médicaments n'eurent aucun effet sur ce mal. Personne ne comprit la réalité du problème. L'autre t'habitait déjà, à ton insu, à l'insu de tous. Moi, j'étais au courant, mais je ne pouvais intervenir. Quand ta mère me demanda de sortir ce mal de ton corps par les moyens traditionnels je fis semblant de lire quelques versets de la sourate *la Duperie réciproque :*

> Il a créé les cieux et la terre en toute Vérité
> Il vous a modelés selon une forme harmonieuse;
> Le retour sera vers lui.

Je les récitais sans me concentrer, sans penser à ton mal. Je savais que ton seul bien, c'était ce mal. Ce fut lui qui te délivra. Ce fut grâce à sa douleur insoutenable que tu cherchas le vertige suprême, la chute essentielle, celle qui te mit ailleurs, en d'autres lieux et autres temps. L'autre en toi prit de l'avance. A lui tu dois ta libération. A lui tu vas devoir l'amnésie nécessaire et une vie où tout sera en mouvement, guidé par la passion, le tragique, le rire et le courage...

Ce flot de paroles, dites avec fermeté, venues de la nuit, non seulement le soulagea mais lui permit de mieux comprendre ce qui se passait en lui. Il n'était plus impatient, le miroir ne reflétait rien encore. Il sentait que d'autres messages et indications n'allaient pas tarder à lui parvenir. Être quelqu'un qui ne porte pas de nom. Être lavé de son histoire. Disponible pour le vent du soir. En instance de nouvelles racines, prêt à s'emparer du temps, à le modeler, à l'apprivoiser dans son mystère et ses reflets obscurs.

Des prières sur un ton saccadé et bâclé lui étaient rapportées par le vent. Des bruits de pioche dans la pierre. Le chant de petits rossignols était mêlé au bruit du vent dans les arbres. Était-il dans une mosquée? Il allait le savoir bientôt.

Sur l'écran noir de la nuit éternelle, apparut Lalla Malika. Toute de blanc vêtue, elle était sur un cheval. Elle avait retrouvé l'âge et la beauté de ses vingt ans. Sa main gauche désigna le Sud :

Va! Va vers le Sud!
Bientôt quand la lumière se sépare de la nuit et se rapproche du jour, quand le vent est frais et que la terre est mouillée pour une rosée douce et parfumée, quand le silence règne sur Fès, quand les remparts veillent, tu verras le jour...
Ne sois ni étonné ni émerveillé. Attends le lever du jour et des hommes. Mes mains seront là : elles planteront le cimetière de miroirs!

4

Les pages blanches du livre

Face à Bab Ftouh, face à la muraille, là où commence la route de Sidi Harazem et de Taza, les ancêtres ont offert une colline d'oliviers aux morts de Fès.

Cimetière de Bab Ftouh, nommé Cimetière les Dômes[1]. Ouvert sur d'autres champs. Un lieu paisible où coule un filet d'eau provenant d'une source protégée par le plus vieil olivier de la colline. Sans enceinte ni porte. Des tombes blanchies à la chaux. Un peu de fougères, quelques palmes et branches de laurier traînent ici et là. Des pierres rouges, des morceaux de roche grise. Des plantes grasses et sauvages.

Le cimetière de Bab Ftouh garde le silence devant tant de destins qui viennent se donner à la pierre et à la terre humide. Tant de légendes, nées en ville, aux temps de la conquête islamique, sont venues s'éteindre en cette terre de pudeur.

Deux hommes, de drôles d'individus, sans être des destins ou des légendes ont trouvé asile dans ce cimetière. Deux mendiants, vagabonds de la nuit et prieurs le jour. Le plus grand se fait appeler Sindibad. C'est un mythomane. Il raconte qu'il a fait tellement de voyages

---

1. Legbeb.

qu'il a tout confondu et perdu la mémoire. Il se donne des airs de chef et s'est inventé une vie pleine de promesses. L'autre c'est le faible. Il voudrait être un chien et se fait appeler Boby. Il ne sait plus d'où il vient. Lui aussi dit que sa vie est devant lui, et que le jour où on lui reconnaîtra l'identité canine, le jour où spontanément on le recueillera comme chien de chasse ou chien domestique, sa vie commencera. Pour le moment, ils bricolent.

Sindibad dort sur la tombe d'un dignitaire de Fès, un savant de la Qaraouiyine, qui laissa une fortune importante à ses enfants; Boby dort sur une tombe anonyme. Sans dalle, ni pierre tombale. Juste de la terre et un morceau de bois pour reposer la tête. Quand il pleut, ils se mettent sous le vieil olivier.

C'est la fin de la nuit. Sindibad et Boby rentrent d'un mariage, épuisés. Ils ont lavé les marmites et ramassé les restes du festin dans deux bidons. Ils ont tout mélangé : le poulet aux olives et citron confit avec la viande aux pruneaux, avec le couscous sec à la cannelle, avec du pain, des gâteaux au miel...

Ils marchent péniblement dans les ruelles étroites et non éclairées. Boby a peur... Sindibad aussi, mais il fait un effort pour ne pas le montrer. Alors il parle avec Boby :

— Mariage de riches! dit Sindibad.
— Oui, mais pourquoi tu as mélangé tous les plats?
— Tu veux de la finesse, de la délicatesse, Boby?
— Et pourquoi pas. Après tout, ce sont les cochons qui mangent n'importe quoi. Les chiens — pardon —, les chiens et les hommes aiment savoir ce qu'ils mangent.

— Écoute Boby, dans mes voyages en Orient, quand je partais avec mes disciples faire un long périple, nous mangions n'importe quoi, même du chien...
— Ou du chat...

Les ruelles de Bab el Khokha tournent beaucoup. C'est le mystère à chaque tournant. Les deux vagabonds s'arrêtent brusquement et se collent au mur. Un bruit étrange. Quelqu'un gémit ou pleure. Non, une simple bagarre entre chats autour d'une poubelle renversée. Ils continuent le chemin. La lumière de la nuit change. De plus en plus douce et claire. Une jument sans maître, sans harnais, cavale dans ces rues pierreuses. Elle est toute blanche. Elle a dû se perdre. Arrivés à Bab Ftouh, Sindibad fait signe à Boby de s'arrêter et de ne pas parler. L'air est frais. La lumière se détache seulement de la nuit. Une brume très légère comme un voile monte du cimetière. Sindibad tend l'oreille. Inquiet, il regarde Boby et lui serre l'épaule.

— Tu entends?
— Non. J'entends ton cœur qui cavale comme la jument, c'est tout...

Du cimetière leur parviennent des gémissements entrecoupés du souffle de quelqu'un qui fait un effort. Sindibad se met à réciter la sourate de l'« Aurore » :

> Au nom de Dieu
> Le Clément,
> Le Miséricordieux.
> Dis :
> Je cherche la protection du Seigneur de l'aube
> Contre le mal qu'il a créé;
> Contre le mal de l'obscurité lorsqu'elle s'étend;
> Contre le mal de celles qui soufflent sur les nœuds;
> Contre le mal de l'envieux lorsqu'il porte envie.

Boby le regarde, stupéfait :
— Mais tu as peur! Mais qu'est-ce que je vais devenir, si toi, le grand Sindibad, tu as peur et tu invoques Dieu?
— Oui, j'ai peur. Et alors! On n'a pas le droit d'avoir peur? Regarde plutôt le cimetière, regarde du côté de l'olivier...
— Notre vieil olivier?
— Oui, tu vois comme il bouge. On dirait qu'une main le secoue. Et c'est de là-bas que proviennent les gémissements.

Les deux hommes s'approchèrent de l'entrée du cimetière pour mieux voir. Une eau abondante et écumeuse jaillit de la source entre deux grosses pierres de marbre. Le tronc du vieil olivier craquelle, gonflé par le vent ou par une force mystérieuse.

Non loin de là, la jument blanche — peut-être celle rencontrée tout à l'heure — attend, équipée, mais toujours sans cavalier. Avec le sabot avant droit, elle creuse méthodiquement un trou dans la terre. Il en sort un crâne d'adolescent, intact et qui roule dans l'herbe. Boby s'est blotti contre Sindibad, sans dire un mot.
— Écoute, Boby, si tu veux que je te traite comme un chien, un chien recueilli par une famille d'étrangers, il faut que tu le mérites. D'abord tu meurs de peur. C'est un mauvais signe. C'est à toi de me protéger, si tu es vraiment un chien; pas le contraire. Alors, s'il te plaît, calme-toi et essayons de voir clair dans ce qui arrive!
— Oui, maître! Nous étions tranquilles, vivant en paix avec les morts — illustres ou anonymes —, les vivants sont méchants, pas les morts. Or là ce ne sont ni des vivants ni des morts. C'est le vent, le vent mauvais de la malédiction. C'est de ta faute.

— De ma faute?

— Oui, tu as manqué de respect hier à la tombe... Tu as oublié l'« obligation de réserve ». Tu as oublié les lois de l'hospitalité... Pourquoi tu as craché sur la tombe?

— Je ne l'ai pas fait exprès. Quoi? Tu crois toi que ce sont les maîtres des lieux qui font ce remue-ménage?

— Dis, Sindibad, c'est qui les maîtres des lieux?

— Tu trembles de peur! Hein! Ce sont les *mala'ika,* les anges de l'au-delà, ceux qui accompagnent les morts jusqu'à leur ultime demeure. Ce sont les ombres du silence, ce sont les gestes de l'aube...

— C'est foutu pour moi! Je ne serai jamais un chien. Oh! quelle histoire! Je t'avais dit que ce mariage n'était pas porteur de bonheur.

— Écoute. Attendons le lever du jour. Il se peut que ce soient des visions. On a dû trop manger. C'est sûr! Nous sommes victimes d'hallucinations...

Dans cette ville, l'aube appartient aux maîtres de la nuit et compagnons des morts, surtout quand ils sont des martyrs. Or, le cimetière Legbeb a été et reste le champs des martyrs, enterrés clandestinement la nuit, à l'époque du soulèvement de Fès, de 1912, 1937, 1944, 1953, etc. Une rumeur prétend que lorsque les anges de l'au-delà bougent, les chiens les plus proches ont la fièvre.

Sindibad posa la main sur le front de Boby et lui demanda :

— Tu te sens bien? as-tu de la fièvre?

Boby sourit pour la première fois. Enfin Sindibad se décide à le traiter comme un chien.

— Oui, mon maître! Boby a de la fièvre et si ça continue il aura bientôt de la diarrhée!

Un vent frais souffle sur Bab Ftouh. Un vent chargé de quelques grains de sable. Un vent venu de loin, venu du sud, lieu du mythe et du nœud de l'histoire.

Les gémissements sont devenus des pleurs, des cris d'enfant. L'arbre ne bouge plus. La source a repris son débit normal. Mais la jument blanche rôde encore autour de l'olivier et de la source. Un calme pesant règne tout d'un coup sur le lieu du mystère. Les deux mendiants se regardent, soulagés. Ils avancent à pas lents vers l'arbre. Sindibad avance, Boby suit, la tête baissée.

Au pied du vieil olivier dans une couverture de laine blanche, tissée probablement par les femmes d'Azrou, un enfant, pas un nouveau-né, mais un garçon qui a déjà quelques dents. Il sourit et tend les bras. De son visage émane une lumière et une clarté éblouissantes. Un oiseau chante, imperturbable, sur la branche principale de l'olivier. Il chante avant le lever du soleil. C'est le signe d'un grand événement, un grand bonheur ou un malheur terrible. Sindibad et Boby se regardent sans oser faire de commentaire. Ils ont le visage déjà marqué par l'inquiétude et la fatigue. Il s'est passé trop de choses en si peu de temps. Ils ne contrôlent plus rien, pas même leurs réactions les plus banales. A partir de cet instant, ils ont compris que quelque chose d'essentiel s'est produit dans leur petite vie. Quelque chose mue par des forces du ciel et de la nuit. Un bouleversement profond, radical, un tremblement de terre qui a renversé Fès, ses cimetières, ses murailles et son devenir.

Boby parle le premier :

— Mais c'est un enfant, un enfant trouvé, abandonné...
— Ne t'approche pas trop. Regarde comme le ventre

de l'olivier est tout fêlé. On dirait que quelqu'un l'a forcé. Il y a encore de la sève qui coule. Il y a même une ouverture, là, une brèche dans ce vieux tronc sec.

— Dis, Sindibad, cet enfant, ce sera le nôtre!

— Tu perds la tête! Cet enfant... je ne sais même pas si c'est un enfant. Cette lumière qui émane de son visage m'éblouit; elle m'aveugle.

Avec le premier rayon de soleil, tous les miroirs se sont mis à briller, se renvoyant mutuellement la lumière et le feu de ce soleil exceptionnel. La jument s'est éloignée. Elle est à peine visible. Elle se confond avec le blanc éclatant d'un marabout au fond du cimetière.

Boby revient à la charge :

— Cet enfant, on va lui donner un nom... On va le nommer...

Une voix forte intervient du côté du marabout :

— Vous n'allez rien nommer du tout! Ne touchez surtout pas à l'enfant, vous allez le contaminer par vos saletés.

Une femme, enveloppée dans une djellaba grise mais toute rapiécée, s'approche de l'olivier en tirant la jument blanche.

— Cet enfant a le privilège suprême de ne pas porter de nom. Alors respectons la loi d'or de l'Empire du Secret.

Sindibad reconnaît la femme. Il s'écrie :

— Mais c'est Yamna, ancienne présidente des mendiants de la zone Nord, ancienne prostituée au mellah de Fès, vagabonde du silence éternel, disparue de la circulation depuis longtemps...

— Non Hammou — c'est ainsi que tu te fais appeler, n'est-ce pas? —, Yamna est morte, écrasée par un dromadaire au *derb* des sept tournants. Yamna est morte. Et moi, je ne suis que son image... Je suis chargée par le destin de recueillir cette petite étoile du matin et de la mener à la source des vertus sublimes.

— Qu'est-ce que tu racontes? Ce n'est pas une étoile, c'est un enfant. Et puis, toi qui sais tout, dis-nous d'où vient cet enfant, demande Sindibad.

Boby s'est caché dans l'arbre. La peur lui a donné des ailes. Il attend que l'énigme soit dénouée pour descendre.

— Cet enfant est né de la source à ma droite et de l'olivier à ma gauche. Il sort à peine d'une vie juste passable. Il est d'un horizon immatériel. Et arrête de me poser des questions.

— Oui, mais comprends-moi, je suis ému, je me sens tout petit, perdu... Et puis tu parles des vertus, de lumière, d'étoile... Mais nous, nous ne sommes que de pauvres gens, des mendiants, fainéants et, sans courage, sans vertus, petits dans notre misère. Tout cela est étrange.

— Non, ce n'est pas si étrange que ça. Je t'expliquerai plus tard...

— Plus tard? Pourquoi? As-tu l'intention de nous embarquer dans cette histoire?

A cet instant précis, Boby perd l'équilibre et tombe de l'arbre. Il est devenu muet. La peur et l'émotion.

— Vous n'avez pas le choix, répond sur un ton ferme et menaçant Yamna. Plus exactement, aucun de nous n'a le choix. Notre destin est entre les mains de cet enfant, un être vierge de toute réalité, pur, né de la limpidité de l'eau et de la fermeté de l'écorce de l'arbre.

Yamna attache la jument à un piquet et s'assoit sur le bord d'une tombe :
— Écoutez-moi bien : cette histoire paraît compliquée et obscure. Si on la raconte à quelqu'un, il nous prendra pour des fous. Alors nous n'allons la raconter à personne. De toutes les façons, les gens ne comprendront pas. Il faut qu'on s'engage à ne rien divulguer de cette histoire. Sinon les foudres de l'Empire du Secret s'abattront sur celui qui aura manqué à cette promesse. Consigne principale : le silence. Deuxième consigne : obéissance et discipline.

Sindibad commence à manifester des signes d'impatience. Boby préfère ne rien savoir et surtout ne pas comprendre. L'enfant, enveloppé dans la couverture blanche, s'est endormi. L'olivier tremble encore un peu. La source irrigue le cimetière et l'oiseau veille sur la branche la plus haute de l'arbre.

Sindibad se lève, fait quelques pas puis prend Yamna à part et lui dit :
— Yamna, tu me connais, je ne suis pas très intelligent, ni très propre. Je suis même un menteur professionnel. Mais, crois-moi, je ne suis pas un mauvais gars. Je te suivrai où tu veux. Mais dis-moi auparavant où nous emmènes-tu? Tu sais, ici, nous menons une vie tranquille, une toute petite vie. Nous avons trouvé asile dans le silence des morts, et les vivants nous donnent quelques pièces pour lire le Coran sur les tombes. L'après midi nous descendons en ville. Les gens ne sont pas très généreux mais nous ne remontons jamais sans rien. Alors que nous offres-tu d'alléchant pour tout abandonner et te suivre? Et puis cette histoire nous dépasse un peu. Je veux bien faire confiance à tout ce que tu veux nous faire

croire, mais sois claire. Quant à Boby, je m'en occupe. C'est un garçon très simple. Il n'a pas toujours toute sa raison. Je te raconterai un jour son histoire. Mais pour le motiver, promets-lui qu'à la fin de notre aventure, il deviendra un chien, et qu'il sera adopté par une famille française!

Yamna s'arrête un instant et fait un geste de la main comme pour clore un débat. Elle s'assied, le dos contre l'olivier et, d'une voix basse, dit quelques pensées, comme si elle s'adressait à elle-même. Sindibad s'approche d'elle et essaie de suivre tout en faisant comprendre à Boby que l'heure est au recueillement et à la méditation :

— Nous ne sommes que l'ombre d'une image, dit Yamna. Nous ne sommes que le geste laissé dans l'espace d'une silhouette ou d'une apparition. Nous ne sommes pas en règle avec notre propre être. Pire, nous en sommes indignes. Si nous réussissons cette mission, peut-être retrouverons-nous notre être? Toi et ton complice, vous êtes surpris de me voir ainsi surgir d'entre les pierres et les fougères, venue du néant, celui qui précède la naissance et qui nous reprend après la mort. Attention, Sindibad, je ne suis pas une sorcière ou le produit d'un cauchemar. Nous sommes enveloppés par le même linceul — un voile — dans le même nuage. Nous avons été désignés par la source, par l'arbre et les mains de la sage-femme, Lalla Malika, pour écrire ce livre, pour remplir toutes ces pages.

Sindibad intervient violemment :

— Mais tu te moques de nous! Tu sais très bien que ni Boby ni moi ne savons lire et écrire. La fièvre est montée à ta tête. Tu veux nous faire croire que tu es née de rien comme une plante sauvage, comme ça, magiquement. Ce n'est pas logique tout ça!

— Non, rien n'est logique. Et alors? Est-ce une raison pour fuir et tourner le dos à notre devoir, notre mission?

— Et cette histoire de livre?

— Le livre avec des pages blanches, encore intactes, c'est cet enfant. Il est l'histoire que nous vivons déjà. Ce qui nous arrive est tellement extraordinaire qu'il faut qu'il parvienne — bien après notre mort — à un conteur, quelqu'un qui pourra l'écrire et le raconter aux générations futures!

Boby qui s'est assoupi se lève :

— Alors, on part ou on ne part pas? Vos discussions m'empêchent de dormir.

Yamna ramasse ses affaires, change de djellaba et prend dans ses bras l'enfant. Sindibad emporte avec lui les bidons de nourriture, Boby remplit une cruche d'eau. Une fois prêts, Yamna donne des indications :

— Il faut d'abord que vous trouviez un cheval ou un âne. Nous allons vers le Sud. C'est un long voyage. Je ne veux pas d'histoire en route. Le moindre faux pas ou erreur peut nous porter malheur. Si quelqu'un divulgue le secret, il sera frappé par la foudre de la folie. Nous nous arrêterons tous les jours au coucher du soleil. Ne vous en faites pas, nous trouverons toujours où dormir et de quoi nous nourrir.

Avant de quitter le cimetière, Boby va près de la tombe anonyme qui lui servait de lit et se recueille. En partant il remplit un mouchoir de cette terre rouge mêlée à de la menthe sauvage, et le cache dans un sac. Sindibad ne dit rien. Le soleil de Fès est doux ce matin. En longeant le cimetière, dans la direction de Fès Jedid, la médina est à droite, comme ramassée dans la paume d'une main, les maisons petites et imbriquées les unes dans les autres. On voit la Qaraouiyine, éternelle dans le silence de ce matin sublime, un peu plus à droite le mausolée de Moulay Idriss, tache verte des tuiles alignées. Des terrasses vides. Des petits minarets de quartier. Au fond, une colline rouge et un ciel d'un bleu insupportable. Un vol de cigognes traverse à cet instant le ciel. Sindibad se dit à lui-même, un peu pour se rassurer :

— C'est bien, les oiseaux migrateurs portent bonheur. D'ailleurs, on dirait qu'ils se dirigent dans la même direction que nous...

5

Yamna

Sans précipitation et sans douleur il était venu au monde. D'autres diraient « revenu ». Lui-même n'en savait rien. Sa mémoire fonctionnait déjà et enregistrait le moindre mouvement des choses et des personnages affectés par le temps — seul maître incontesté de cette histoire à ne pas raconter mais à murmurer en laissant quelques blancs entre les mots — à son service.

Son état général s'était considérablement changé : les miroirs du cimetière lui avaient déjà renvoyé son image, celle d'un corps en pleine effervescence et d'un regard très vif. Son visage attentif et même scrutateur gardait le sourire, celui d'une joie profonde et d'une volonté en avance sur le destin qui s'accomplissait au rythme du long voyage vers le Sud.

L'image nette dans le miroir, c'était cela qu'on appelle dans d'autres circonstances l'« acte de naissance ». Il était ainsi né de l'olivier et de la source, reconnu par les miroirs que les mains de la grand-mère avaient dressés dans le cimetière. Il ne portait pas de nom : le destin, certes trafiqué par des ancêtres, et quelques personnages à ne pas nommer, en avait décidé ainsi. Sa conscience était pure et aiguë, filtrant les événements et se situant en avance sur le temps et la marche entreprise. Cette même lucidité l'avait tenu à l'écart des paroles des uns et des autres. Il n'était pas muet, mais quelque chose en lui avait décidé qu'il garderait le silence jusqu'à l'heure solennelle, celle qui sera désignée par un phénomène de la nature gardé secret au fond de lui-même.

Il savait que sa croissance physique devait se faire selon un rythme accéléré pour rattraper le niveau de conscience et l'état de présence au monde dont son esprit jouissait. Les trois personnages ne s'en étonnaient point; toute cette histoire les dépassait, mais ils étaient tenus par le serment silencieux du secret.

L'ensemble qui cheminait à présent sur la route de Meknès — Sindibad et Boby montaient un cheval vigoureux, trouvé à la sortie de Fès, mais en fait envoyé par la grand-mère dont la mission venait de se terminer — était coupé du monde, saisi par la bénédiction des ancêtres. Il évoluait dans un espace délimité, protégé des effets de l'environnement le plus immédiat. Il marchait selon la prière de Lalla Malika « dans la main d'Allah et sous sa protection suprême ».

Si Yamna était ainsi désignée par l'Empire du Secret pour s'occuper de l'enfant et accomplir cette mission noble et délicate, c'est que sa vie fut une série d'événements plus malheureux les uns que les autres.

Son père était un bûcheron qui travaillait au monastère de Tioumililine, à Azrou. C'était un homme rude et droit. Après la mort du Père François, son protecteur, il s'engagea comme soldat de deuxième classe dans l'armée française. Il fit la guerre, revint à Azrou où il traîna quelques années sans travail. Lorsque les agents recruteurs pour les mines du nord de la France vinrent à Azrou, il était en tête de la longue file d'attente qui s'était formée depuis la veille devant le bureau prêté par la gendarmerie au service de l'émigration. Il montra ses dents — solides —, son buste durci et son livret militaire avec une lettre de recommandation du Père François. Il fut engagé tout de suite. Bon soldat. Bon mineur. Il offrit même son urine à deux bergers qui avaient été refusés un mois auparavant à El Hajeb à cause d'une petite infection urinaire. Ils étaient munis de flacons qu'ils s'étaient procurés en glissant quelques billets à un gardien du centre médical. Il partit un matin et ne revint plus. Il ne donna jamais de ses nouvelles, ni à sa femme ni à ses huit enfants dont Yamna était l'aînée.

La mère dut travailler comme femme de ménage à l'École militaire de Meknès. Deux de ses filles étaient employées chez une *chikha* qui avait une petite fabrique de tapis à Aïn Leuh. Certains garçons s'étaient engagés dans l'armée, les plus jeunes ciraient les chaussures à Meknès ou à Fès. Toute la famille était dispersée.

Yamna, à dix-sept ans, suivit un jeune sous-officier de la caserne d'El Hajeb qui lui avait promis le mariage. Bien entendu le soldat avait disparu quand elle fut enceinte. Yamna fut recueillie par l'ancienne chikha qui décida de l'aider parce qu'elle aimait la couleur de ses yeux et la fermeté de ses seins. En fait, elle la fit avorter avec les pires moyens traditionnels et la plaça dans sa maison comme la plus jeune et la plus belle putain de la région. Elle l'offrit aux officiers et féodaux qui faisaient une halte à Aïn Leuh. En un an, Yamna rapporta à la chikha une petite fortune qui lui permit d'agrandir son atelier de tapis, et perdit sa santé et sa beauté. Son corps était devenu flasque et très fatigué, comme une terre usée, fêlée par la sécheresse ou ruinée par l'inondation. Seuls les traits fondamentaux de sa beauté restaient inchangés, notamment ses sourcils très fournis et qui se rejoignaient, la couleur de ses yeux, un marron très clair assez rare, et son nez très fin. En un an de travaux forcés du sexe elle avait vieilli d'une bonne dizaine d'années. Mais ce qui la marquait le plus, ce n'était pas tellement cette usure physique, mais la très grande tristesse et désolation qu'elle connut depuis le jour où cette vieille chikha la prit à son service, esclave muette.

Un jour elle partit avec un client, un commerçant de Fès. Là encore, elle n'eut pas de chance. Cet homme l'abandonna au petit matin à l'entrée de la ville nouvelle de Fès. Elle traîna deux jours et deux nuits, dormit au seuil du cimetière, chercha du travail en faisant du porte à porte. Une famille de la médina la prit à son service. Elle mangeait alors à sa faim et ne désespérait pas de changer de vie et de destin, ou du moins d'effacer définitivement de sa mémoire l'année sinistre passée à Aïn Leuh.

La famille la faisait travailler beaucoup, mais ne la maltraitait pas. Comme la plupart des bonnes, elle mangeait à la cuisine les restes du repas, dormait dans un coin du grenier. Elle n'avait strictement pas de vie privée. Quand la maîtresse sortait, elle l'enfermait à la maison.

Quotidiennement épuisée par tout le travail, elle s'endormait très vite et profondément. Une nuit, un homme — elle ne sut jamais si c'était le maître de maison ou un de ses fils — vint poser son sexe en érection sur son visage. Elle eut tellement peur qu'elle poussa un long hurlement. L'homme avait disparu quand les lumières furent allumées. On crut qu'elle était devenue folle. A l'aube elle prit ses affaires (une robe en flanelle rouge et noire, un foulard hérité de sa grand-mère, un bracelet acheté à Aïn Leuh, un bris de miroir et un paquet de henné moulu), vola un grand pain et une bouteille d'huile et partit sur la pointe des pieds.

Elle trouva refuge chez une vieille cartomancienne juive qui vivait dans une petite maison à l'entrée du mellah. C'était une femme qui voulait être une légende. Elle eut pitié de Yamna qui s'était confiée à elle et la prit avec elle comme femme à tout faire : domestique, secrétaire, confidente et peut-être même complice et amie. Friha avait eu trois maris, tous disparus dans des conditions restées à ce jour mystérieuses. Elle n'eut pas d'enfant, et ne se résolut jamais à accepter ce manque et à vivre sans cette nostalgie. Parfois, elle racontait qu'elle avait eu trois enfants de son premier mari, mais le typhus les aurait emportés.

Friha avait bon cœur, mais son maquillage excessif n'arrivait pas à dissimuler une barbe qu'elle rasait ni les quelques poils qui poussaient sur son gros nez. Elle entretenait cette laideur dont elle accentuait l'aspect avec des bijoux en or très vulgaires. C'était une femme obèse et très parfumée, une femme hors du commun, capable de terrifier l'homme le plus dur et la femme la plus sûre d'elle. Tout se passait en fait dans son regard que le kohol, déposé autour des yeux en grande quantité, rendait sévère et troublant. C'était un regard qui avait trempé dans un puits lointain, dans une tombe profonde, dans une vie étrange, partagé entre l'enfer et les manigances de quelque diable. Elle disait qu'elle était du côté du Diable car il avait plus d'imagination que le Bon Dieu, lequel n'était tout au plus qu'une histoire à dormir debout! Du moins c'était l'impression qu'elle voulait donner à ses visiteurs. Elle avait un talent certain de comédienne, rendu encore plus crédible grâce à sa chaleur humaine et sa familiarité exagérée. Elle disait le passé et le présent avec une certaine arrogance parce qu'elle était douée d'un sens de l'observation remarquable. En fait elle ne lisait rien dans les cartes. Elle trouvait tout sur le visage de ses clients. Elle avait le don et l'intelligence de provoquer chez eux des expressions et des réactions qui dévoilaient une bonne partie de ce qu'ils portaient en eux.

Yamna fut effrayée au début par cette femme extravagante, mais elle apprit très vite à l'apprécier et à l'aimer. Le soir quand elle enlevait son fard et ses bijoux, quand elle rangeait ses robes de gitane et redevenait la mère orpheline de ses enfants, quand elle retrouvait son visage antérieur, quand elle se débarrassait de ses masques et de ses doubles, non seulement Friha devenait belle et humaine, mais elle devenait émouvante et superbe, car elle levait tout d'un coup le voile sur une solitude immense, découvrant un être blessé, fragile et sans défense. C'était pour cet être qui n'osait se montrer le jour, qui n'osait se découvrir aux autres, que Yamna s'était arrêtée, comme poussée par la main du destin, devant cette maison, devant cette cartomancienne qui jouait avec le passé et l'avenir des gens perdus, égarés dans les mailles de leur désarroi.

Un soir, avant de dormir, après avoir bu un peu de *mahia*, une eau-de-vie à base de figues que préparait le vieux rabbin de Meknès, Friha eut envie de lire le visage de Yamna. Elles vivaient dans le même espace, elles étaient liées par une complicité de fait, mais observaient une grande discrétion quant à leurs années passées. Une question de pudeur. Le silence né de la honte est un silence précieux. La honte, aussi bien chez les musulmans que chez les juifs, est, au Maroc, un sentiment où sont mêlées pudeur, humilité, gêne, discrétion et générosité. Yamna connaissait ce sentiment d'amitié dans sa vie avec Friha. Aussi le soir où son visage, avec ses tatouages — un poisson aveugle sur le menton, un triangle renversé sur le front, symboliquement, d'après ce qu'on raconte, la forme du pubis —, devait être éclairé et déchiffré par le regard de Friha, elle se sentit toute petite, emplie de honte et d'un profond silence. Elle n'osait pas lever les yeux, ni dire un mot.

Sans avoir recours aux cartes, Friha se mit à parler :
— Ma fille, ton passé, tu le connais mieux que moi. Ai-je besoin de te le rappeler ? Non ! A quoi bon réveiller des douleurs anciennes, à quoi bon rouvrir les blessures d'antan ? Tout ce que je sais c'est que c'est trop lourd pour tes petites épaules. Le temps et les hommes se sont acharnés sur toi.

« Ton présent, j'ose prétendre qu'il est moins lourd. Si tu as manqué d'amour par le passé, j'ose espérer que tu ne manques pas d'amitié et de tendresse à présent.

« Ton avenir, ma fille... cela va bientôt faire deux ans qu'on se connaît, et on n'a jamais parlé de ton avenir. Tu es belle, tu es encore belle, même si le temps n'a pas été tendre avec ton corps.

« Ton avenir... ma fille, ce sera un arbre et une fontaine. Mais je vois cet horizon au bout d'une route, vague, sombre, barrée par des barricades de pierres et de troncs d'arbres abattus. Un horizon lointain. Peut-être qu'au bout de ce chemin, tu connaîtras quelque chose de beau, de très beau même.

« J'ai mal aux reins, Yamna. Excuse-moi, mais je vais essayer de dormir. Je reste tout le temps assise, c'est peut-être pour cela que mes reins me font si mal. Donne-moi une pipe de kif, ça m'aidera à passer la douleur... je suis heureuse de t'avoir connue, heureuse de te savoir là...

Friha souffrit beaucoup. Le médecin lui donna des médicaments pour soulager la douleur, mais ne put la sauver. Elle mit quinze jours à mourir, s'éteignant lentement, jour après jour, avec une douceur étrange, en silence. Seul son regard avait gardé un peu de cette vivacité qui parcourut ses soixante-dix ans. Curieusement, son visage rajeunissait à l'approche de la mort. Il était même beau. Yamna passait des heures à l'observer, retenant ses larmes et pensant au chemin qui l'attendait.

Quand le cœur de Friha s'arrêta de battre, Yamna ne remarqua rien. Elle continua à lui parler, car son visage gardait la même expression et ses yeux fermés ne pouvaient dire que c'était la fin. Ce fut le froid de ce visage, qui, tard dans la nuit, permit à Yamna de réaliser que Friha était morte. Prise de panique, elle ne sut que faire. Elle se rendit au mellah où il n'y avait personne. Elle rôda autour de la maison. A l'aube, elle sonna chez le rabbin.

Yamna hérita de quelques affaires et bijoux, et reprit son long chemin.

Elle n'eut pas le temps d'errer. De la maison de Friha au bordel Moulay Abdallah, il n'y avait que cinq cents mètres.

Après l'avoir examinée, la patronne lui dit : « Tu seras la petite juive de cette maison. Je sais, tu es la fille adoptive de Friha, mais nous avons des clients qui préfèrent les juives, connues pour être vicieuses. Alors tu es juive... Mais je te permets de faire le ramadan... »

Yamna parlait rarement. Elle avait appris à encaisser les coups avec une sérénité qui ne manquait pas de troubler les gens autour d'elle. C'était le genre d'être qui accumulait jusqu'à l'explosion. Elle donnait l'impression d'attendre quelque événement ou même quelqu'un qui surgirait du néant pour la tirer du malheur. Son regard se posait souvent sur un horizon lointain, n'existant que dans son imagination. Elle n'était pas bavarde, mais agissait. Ainsi, de peur de se faire confisquer ou voler ses bijoux, elle les revendit et se fit des dents en or. Quand il lui arrivait de sourire ou de rire — ce qui était plutôt rare —, toutes ces dents en or lui donnaient une vulgarité plus proche du défi et de l'assurance que de l'étalage insolent de la richesse.

En peu de temps, sa réputation de « juive vicieuse et experte en gymnastique sexuelle » lui valut un succès important au bordel. Elle n'avait aucune amie et se contentait de remplir son contrat aussi honnêtement que possible. Elle menait ainsi une vie misérable mais réglée, sans surprise et sans illusion, jusqu'au jour où l'imprévu, l'inévitable (dirait elle) arriva. Il était jeune et violent, tendre et passionné. Fils d'une grande famille de Fès, il suivait des études islamiques à l'université de la Qaraouiyine. Ce fut le premier homme avec lequel elle fit vraiment l'amour. Car il s'agissait bien d'une passion, une sorte de tremblement de terre qui redonna la lumière à son regard et la vie à son corps qu'elle avait consenti à perdre définitivement en le laissant se donner et s'user entre les mains d'inconnus dans une obscurité totale. Elle découvrit les larmes heureuses, les caresses et la tendresse murmurée au bout de la nuit. Elle connut l'ivresse des sens, elle connut l'excès qui donne le vertige et la fièvre, elle connut, dans des moments de violence intense et de plaisir fou, l'approche de la mort, les prémices du néant et la chute dans le vide. Qu'importait le cadre sinistre du bordel. Leur amour s'échappait dans les champs et les prairies du songe. Driss avait tout abandonné : sa famille, ses études, ses amis. Ravagé par la syphilis, il venait tous les jours pleurer à ses pieds, refusant de se faire soigner. Devenu fou, il fut enfermé et mourut dans un grand éclat de rire. Yamna quitta le bordel, séjourna dans plusieurs hôpitaux où elle fut mal soignée. Au bout de quelques années, elle n'était plus malade, mais traînait dans les rues de Fès, vieillie et ridée, une folle qui n'avait plus ses dents. Elle mendiait. Les gamins la taquinaient. Certains lui jetaient des pierres et d'autres lui offraient du sucre et des oranges.

Mendiante, elle allait de quartier en quartier, sombrant souvent dans un délire de mots incompréhensibles, qui n'étaient ni du berbère ni de l'arabe. Elle donnait l'impression d'avoir perdu la mémoire en même temps que tous ses biens et ses proches. Elle marchait, hagarde, à la dérive, recherchant les bribes d'une vie échappée à ses rêves. Elle portait une djellaba sur laquelle elle avait cousu pas moins de quinze poches devant correspondre chacune à une case d'espérance ou d'ironie : la poche bleue était l'enfant qu'elle prétendait avoir eu et qui reviendrait un jour sur un cheval la délivrer de la solitude; la blanche était faite pour cacher la clé du paradis — un jardin avec un ruisseau et des arbres fruitiers, des fleurs sauvages, des brebis et une jarre de miel —; la poche verte était celle du voyage vers l'horizon lointain; la poche rouge, elle l'avait réservée aux soieries et aux parfums que son fils lui apporterait d'Arabie; la poche grise cousue sur le capuchon désignait les sables du désert dont elle avait entendu parler par un commerçant de perles; dans la poche mauve, elle avait glissé une pièce d'un rial troué et qui n'avait plus cours depuis l'entrée des Français au Maroc; la poche beige était fermée, elle prétendait y avoir emprisonné la Sagesse et le Silence (c'était la poche intouchable, fermée définitivement sur un talisman ramassé par terre près du tombeau d'un marabout); la poche vert pâle était ouverte sur la vérité, mais restait vide; la rouge cramoisie contenait le plan d'un trésor en mer — c'était une page toute froissée d'un vieux journal qui relatait le débarquement américain en Normandie —; la poche rose était la plus grande, réservée au mystère et au pain, elle y mettait la nourriture qu'on lui donnait en aumône, c'était une poche sale et pleine de trous; la poche marron était pour la pluie, la sécheresse sévissait souvent dans le pays; la poche bleu ciel était minuscule, c'était le printemps et le vent frais du soir; une poche noire brodée de fils d'or — un fil jaune — était cousue à l'emplacement du cœur, c'était pour le pèlerinage à l'une des villes saintes — La Mecque, Médine, Al Qods, Smara... —; la poche aux plusieurs couleurs était un fourre-tout du rêve, elle y mettait toutes ses attentes et n'en parlait jamais; la poche rouge pourpre devait contenir l'écharpe en soie rouge pourpre qu'elle offrirait au cavalier qui lui apporterait le bonheur de la mort et du silence éternel.

N'ayant pu rêver sa vie, elle avait tout le loisir de rêver sa mort. Sa mort, l'unique événement qu'elle possédait.

L'aube d'un matin d'hiver. Son corps menu, ramassé, un tas de petites choses, s'était déposé sur une caisse en carton, défaite par la pluie, dans une ruelle à peine éclairée. Les gosses disaient que la vieille dormait. Les gens passaient sans la voir, sans s'arrêter. Ce furent les éboueurs qui la découvrirent et l'enterrèrent dans un trou près de la fosse aux détritus. Ils essayèrent d'avertir les autorités du quartier. Cette personne n'avait pas d'identité et avait par conséquent le privilège de ne pas exister, de n'avoir jamais vécu! Chaque jour, ici ou là, un homme ou une femme est enterré dans les sables de la solitude, dans l'épais silence des siècles.

A présent, elle était en paix, sous les pierres, séparée de son corps, comme aux temps anciens. Arrivée au monde comme la mauvaise herbe qu'on oublie d'arracher, elle s'était laissé guider par la mort et l'oubli. Quand elle évoquait sa mort, elle parlait d'un cavalier

— avec un rubis sur le front. Elle parlait de ses mains longues et fines, fortes et douces, grandes et belles. Elle aurait voulu lui offrir un foulard en soie pure. Il viendrait en silence l'enrouler autour de son cou et, avec ses belles mains, il tirerait sur les deux bouts du foulard, doucement, sûrement, jusqu'à la mort. Elle emporterait avec elle la dernière image du bonheur, l'image du cavalier, le visage en sueur et les bras fermes, donnant la bénédiction et la délivrance, fermant ainsi une vie comme on ferme une porte sur une maison vide, démolie, en ruine. Mourir de ses mains, mourir dans de la soie pure d'un rouge pourpre et la nuit serait belle et très sereine.

Le miroir suprême

Yamna tenait d'un bras l'enfant et de l'autre main la bride du cheval argenté. Sindibad et Boby suivaient derrière, un peu fatigués par la nuit étrange qu'ils venaient de vivre. Le soleil était doux et il faisait même un peu froid. Ils s'arrêtèrent en bordure de la route, près d'une source où les vieilles paysannes vendaient du couscous au petit-lait. Des voyageurs étaient là en train de déjeuner à l'ombre d'arbres dont les hautes branches se rejoignaient dans le ciel formant un toit vert qui filtrait le soleil. Quand Yamna descendit de cheval, tous les regards se tournèrent vers elle. Boby et Sindibad se regardèrent sans se parler. Un vieux montagnard en djellaba de laine blanche s'approcha de Yamna, et comme s'il la connaissait lui dit :
— Bienvenue! Soyez tous les bienvenus. Tant de lumière émanant de ce visage, ce ne peut être que celui d'une personne de bien, de notre foi et vertu. Dis à tes compagnons que je suis le *fqih* Salah, responsable de la petite mosquée, muezzin et écrivain public, coiffeur et circonciseur, maître de l'école coranique de ce misérable douar, l'école c'est bien sûr la cour de la mosquée; je suis aussi le notaire, celui qui préside la prière du vendredi, qui écrit l'acte de mariage et du divorce,

qui soigne ceux qui souffrent de l'asthme et de l'excès de foin dans la tête, celui qui prie pour l'âme des damnés, ceux qui ont mangé l'héritage des pauvres et qui ont détourné l'eau des paysans sans défense.

« Je vous prie d'honorer ma modeste demeure. Ma pauvre épouse est aveugle et mes enfants travaillent dans la grande ville. Venez partager avec nous les galettes du matin et le miel du Sud. Vous devez être fatigués...

Des gamins s'occupèrent des chevaux. Des femmes apportèrent un plateau où il y avait quelques dattes et des bols de lait. Yamna remercia le fqih Salah et donna à manger à l'enfant. Le soir, après le dîner, on les invita à dormir dans la mosquée. Boby et Sindibad ne tardèrent pas à tomber dans un sommeil profond. Yamna, seule, éveillée, se mit à parler à l'enfant qui la regardait attentivement :

> Toi qui n'as pas de nom, tu es venu cette fois-ci au monde à l'insu du temps. Seul être à avoir échappé à la tyrannie des astres. Tu es un homme et ton âme est pure. Ton cœur est blanc comme la soie et le lait. Je suis chargée de te transmettre tant et tant de paroles et de messages. Il me faudra plusieurs lunes pour tout te dire, mais, ne me presse pas de questions. Je sais que tu m'écoutes et qu'un jour, peut-être proche, les flots de mots jailliront de ta bouche. Celle qui te parle n'est qu'une silhouette douée de vertus particulières empruntées à une sainte. Je ne sais rien, mais par moi te parviendront la science et l'histoire; je ne suis qu'une image à la substance vacillante...

Écoute-moi, cette nuit, les étoiles se sont rassemblées dans un coin du ciel, juste au-dessus de ce douar. Elles nous suivent, nous guident et nous préservent de l'erreur, du mal et de quelque vanité. Humble, jusqu'à la transparence, je m'adresse au blanc pur de ton cœur : « L'homme, a dit un savant de notre pays, est fils de ses habitudes. » Toi, tu n'es le fils de personne! C'est un privilège que je suis chargée de confirmer en t'emmenant vers l'origine, vers les dunes du Sud, là où tu trouveras des racines et une histoire. Les citadins, qu'ils soient de Fès ou d'ailleurs, en ont détourné les yeux, ils ont nourri leurs ambitions de cet autre horizon, derrière les mers. « Ils se sont fiés aux remparts qui les entourent et aux ouvrages avancés qui les couvrent. Quiets et confiants, ils ont délaissé les armes. » Pour évoquer le passé le plus proche, sache que les résistants à la présence étrangère, étaient souvent des artisans pauvres, fils et arrière-fils de nomades. Sache que les étrangers sont entrés dans ce pays par la grande porte au moment où, au Sud, une armée de nomades essayaient de repousser l'envahisseur. A sa tête, un homme, passionné de religion, de science et de lettres. Douzième des quarante-huit enfants de Mohammed Fadil Wult Mamin, chef de la Qadiriya, la confrérie du Destin : Muhammad Mustafa Ma -al-Aynayn al-Qalqami. Ma -al-Aynayn, c'était un visage, une parole et un soleil, avant d'être un guerrier, un diplomate et un saint. Je te ferai réciter la première des vingt-huit prières qu'il avait inscrites et classées dans un livre. Cette

prière est construite sur la première lettre de l'alphabet, *Alif,* et doit être dite à la première heure d'un dimanche. Elle met celui qui la prononce en état de grâce et lui apporte la paix, la sérénité et renforce son humilité.
La mémoire de Ma -al-Aynayn sera le miroir suprême, le vrai, l'unique et le dernier miroir où ton visage viendra se fixer; ce sera la source et l'eau qui préservent tes racines en plein désert. Ma -al-Aynayn n'est-il pas l'eau des yeux et de la source?
Nous partons donc vers la source et l'origine, vers le commencement et l'arrêt du temps. Car ton corps est là et ton âme appelle : ta vie, ta naissance et ta mort ne sont plus qu'un grain de sable dans ce désert. Nous allons puiser dans la mémoire du saint homme du Sud les quatre vertus fondamentales, celles qui ont manqué et qui manquent aux mortels de cette terre qui ont préféré la survie satisfaite à la vie inquiète. Ces vertus sont au nombre de quatre, et le cheïkh Ma -al-Aynayn les a célébrées durant ses soixante-dix-neuf ans : le courage, l'intelligence, l'orgueil, l'humilité.

Sur ces paroles, Yamna s'endormit, l'enfant ferma les yeux comme pour signifier qu'il fallait s'arrêter pour cette première nuit.

Un silence profond régnait sur le village, même les chiens n'aboyèrent pas. C'était le calme qui précède les heures solennelles.

Yamna eut un sommeil agité. Elle vit en rêve Lalla

Malika qui venait s'enquérir de la santé de l'enfant. Elle apparut sur un âne vigoureux et interpella Yamna, occupée à puiser l'eau dans une fontaine publique.

— Ne lui parle pas trop! Laisse-le s'habituer à son corps et à sa nouvelle vie. Mais fais attention, il faut garder le secret!

Lalla Malika disparut dans la foule et Yamna avait perdu entre-temps la jarre qu'elle venait de remplir d'eau. Elle se mit à se lamenter et pleurait sur sa malchance. Apparut alors l'autre Yamna enroulée dans sa djellaba aux quinze poches. Elle était accompagnée d'un bel homme, ce devait être Driss, et elle riait aux éclats.

Le rêve fut interrompu à ce moment précis. Yamna se réveilla, étouffant un fou rire au milieu de la nuit claire. Elle vit pour la première fois une étendue de sable et de dunes traverser très vite l'horizon : c'était le désert qui passait par là, à travers cette nuit où la lune était pleine, où même les bêtes avaient tout d'un coup senti que quelque chose d'étrange allait arriver. A peine avait-elle réussi à se rendormir que l'aube pointait déjà à l'horizon et le fqih Salah montait au minaret et entonna l'appel à la première prière du jour, *al fajr*. Un petit groupe de paysans entra dans la mosquée et fit la prière derrière le fqih Salah. Yamna ne pouvait continuer à dormir. Elle réveilla Sindibad et Boby.

— Il faut partir avec le lever du soleil. Nous avons une longue route à faire. Notre prochaine étape est le sanctuaire de Moulay Idriss Zarhoun.

Le fqih Salah leur avait préparé un petit déjeuner : des galettes trempées dans de l'huile d'olive et du miel, et du thé à la menthe. En partant, il leur offrit un panier de provisions et une cruche d'eau.

— C'est de la part du douar, dit-il. C'est peu de chose; nous avons été honorés. Que Dieu vous protège et vous préserve de l'œil mauvais...

— Que les enfants de ce douar aient plus de chance et de justice que leurs parents. Qu'ils aillent à l'école, qu'ils aillent chercher le savoir et la science jusqu'en Chine s'il le faut, comme a dit notre Prophète, lança Yamna.

Le groupe quitta le douar lentement. Yamna ne sentait plus la fatigue de la nuit, quant à Boby et Sindibad, ils se racontaient des histoires en riant et ne posaient plus de questions. Et pourtant, Sindibad n'était plus le même. Son regard était par moments fiévreux, traversé par de l'inquiétude, celle que peut faire naître le mystère, celle aussi qui naît de la crainte de voir des événements déjà vécus se dérouler de nouveau. Dans son cas, c'était un passé lointain, une partie de sa vie qu'il pensait avoir définitivement enterrée et oubliée qui revenait se présenter devant son regard, image par image, recréant des sensations étranges et des émotions plutôt pénibles provoquées par des situations dont le souvenir n'était pas totalement éteint. Quelque chose s'était ranimé en lui, et la manière déroutante avec laquelle il racontait à Boby des histoires sans queue ni tête trahissait une perturbation importante qui s'était produite en lui, et qui ne devait pas avoir un lien direct avec le voyage.

7
Sindibad

Il avait lu tous les livres, connaissait le Coran par cœur et avait peur de devenir fou. Il récitait les cent quatorze sourates du Coran sans trébucher une seule fois et pour prouver sa parfaite maîtrise, il les récitait aussi en remontant de la dernière sourate à la *Fatiha*, la sourate de l'ouverture. C'était même sa coquetterie : jongler sans erreur avec la rigueur architecturale du Livre saint. Il connaissait aussi les dires et aphorismes du Prophète. Il en reconnaissait sans hésiter les apocryphes et les authentiques. Ces performances et connaissances l'effrayaient. La peur de perdre la raison le hantait. Alors il s'était mis à écrire dans une chambre noire éclairée par une bougie. Tant qu'il écrivait, il se sentait en sécurité. Il rédigeait des pages entières de façon mécanique, sans jamais se relire, utilisant une plume en roseau qu'il trempait dans de l'encre marron pâle, l'encre des hommes de religion, des charlatans et des sorciers. Il écrivait le jour et sortait la nuit. Personne ne savait où il allait ni ce qu'il griffonnait à longueur de journée. Il avait un grand bloc de feuilles blanches dont il ne se séparait jamais. C'était le ou les livres qu'il était en train d'écrire.

Ahmad Suleiman. C'était son vrai nom. Plus tard il s'appellera Hammou, puis Sindibad. Il aimait changer de nom à défaut de changer de tête. Car il n'aimait pas beaucoup sa tête. Il avait sur la joue gauche une cicatrice. C'était la marque laissée par un bouton d'Orient mal enlevé. Et pourtant, il avait une bonne tête, un peu boursouflée, des yeux noirs mais un regard tourmenté. Il oubliait de se raser. Sa barbe accentuait cet aspect d'homme ténébreux, absent, dévoré par une profonde solitude. Il ressemblait à ces personnages de contes, insaisissables, mystérieux, presque fous.

Son père était un grand artisan de Fès, un artiste graveur, spécialiste dans le bois des portails et le plâtre des plafonds des belles maisons de la ville. Il était connu dans tout le pays et même au-delà. Ahmad était un étudiant brillant de la Qaraouiyine. Il voulait devenir cheïkh et 'alem, il voulait être un savant passionné par l'obscur, par l'incompréhensible. Il admirait un grand savant soufi, le cheïkh Ma-al-Aynayn, connaissait à la perfection son livre mystique *Na't al-bidayat*. Il l'avait dans deux éditions; celle de Fès, un peu artisanale ne le satisfaisait pas tout à fait. Il préférait l'édition du Caire, plus précise. Il le citait souvent quand il débattait avec ses professeurs. Le dirigeant politique que fut Ma-al-Aynayn ne l'intéressait pas. Il le trouvait usurpateur. Il n'aimait pas non plus son rapport inhumain avec les femmes qu'il exploitait et méprisait. Ahmad Suleiman était un esprit vif et intelligent guidé par une haute ambition et perturbé de temps en temps par une émotivité excessive. Il contestait sans arrêt l'enseignement de ses professeurs, semant le doute et la volonté critique autour de lui. Son insolence dérangeait, et son refus d'entériner toutes les certitudes posait un sérieux problème à ses professeurs. Il faisait l'éloge de l'obscur et citait souvent le Maître des Véridiques, Abû Bakr As-Sidiq :

$$\text{العَجْزُ عَنِ الإِدْرَاكِ، إِدْرَاكٌ}$$

(L'impuissance à percevoir, c'est [déjà] une perception.)

On parla à son sujet de délire et de divagations hérétiques, vaguement mystiques. Lui-même se réclamait de l'esprit et de l'âme de l'Andalou Ibn 'Arabi et d'Al Hallaj. Sans aller jusqu'à faire sienne la phrase téméraire du grand prédicateur errant qui fut supplicié à Bagdad en l'an 922, أنا الحق ! (Je suis la Vérité), il disait أنا الشك (Je suis le Doute).

Un jour, un vieux cheïkh fit venir son père et lui dit :
— C'est au sujet de ton fils Ahmad que je t'ai demandé de venir. C'est un garçon intelligent et très érudit. Il a lu beaucoup, je dirai même qu'il a lu trop de livres et je crains qu'il ne commence à tout confondre. Comme tu sais, Si Suleiman, notre enseignement est basé sur l'Islam. C'est notre culture et notre identité. Les Chrétiens le savent, c'est d'ici qu'est parti le mouvement pour l'Indépendance. Or ton fils déraisonne. Il perturbe les cours et remet en question la parole du maître. En plus, ses références sont dangereuses : les mystiques ont de tout temps détourné l'esprit de notre religion. Il cite Al Hallaj, Hasan Basri, Ghazâli, Ibn 'Arabi et des poètes scandaleux comme le voyou Abû Nawâss ! L'autre jour, lors d'une réunion de patriotes et militants pour le retour du roi Mohammed V à son trône et à son

peuple, notre leader a condamné ce genre d'égarement. Il a dit, sans bien sûr nommer ton fils, que « le mysticisme est un luxe que nous ne pouvons pas nous permettre. Nous sommes même appelés à le combattre, car quand le pays a besoin de ses fils pour lutter contre le colonialisme, contre la barbarie des étrangers, c'est une lâcheté et un crime que de se réfugier dans une tour d'ivoire ». Il a ensuite dit, en pesant ses mots — et il sait de quoi il parle, car c'est un vrai militant qui a connu l'exil et la prison —, « le salut individuel, ce n'est pas pour nous, c'est un luxe pour les mal-pensants qui ont perdu la foi en Dieu et en leur patrie ».

Le vieux cheïkh observa un moment de silence, regarda Si Suleiman, puis dit :

— Alors, que faire?

Si Suleiman réfléchit, passa sa main sur son visage, comme pour cacher son embarras, puis dit :

— Ahmad est un homme libre. C'est un être sensible et très lucide. Il est peut-être en avance sur vous. N'oubliez pas, c'est un être fragile...

Il se leva et sortit de la mosquée.

Si Suleiman était un homme et un père exemplaires. Discret et très attentif à tout ce qui touche à sa famille, il était particulièrement préoccupé par Ahmad. Il savait que cet enfant doué n'allait pas se contenter de n'importe quelle parole, et que son intelligence allait le mener très loin, aux cimes de la science ou dans l'abîme de l'indifférence. Déjà, à vingt ans, il étouffait et avait des comportements étranges.

Il dérangeait aussi ses camarades d'université qui ne partageaient pas sa passion du doute et de la contestation. Certains étaient même agressifs à son égard et lui reprochaient son attitude hautaine. Seul Jamal, un jeune homme de Moulay Idriss Zarhoun, le soutenait et prenait sa défense quand on l'attaquait publiquement. Ahmad était très sensible aux marques et gestes d'amitié de Jamal qui avait un an de moins que lui. Jamal était fin et discret, toujours habillé de blanc. Il était un passionné de poésie anté-islamique. Lui-même écrivait des vers mais n'osait les montrer à personne et surtout pas à ses professeurs qui redoutaient tout esprit libre. Ahmad était le premier à les lire. Des textes intérieurs, violents dans leur élan mystique, frisant l'hermétisme. Ahmad les trouvait superbes. Il lui donna à lire quelques pages de son bloc. Leurs réflexions se rejoignaient souvent. Une amitié était née. Nourrie quotidiennement de discussions longues et approfondies, d'échange de livres et de lettres; cette amitié devint très vite un élément essentiel de leur vie et ne tarda pas à se transformer en passion, le jour où, après avoir lu un long poème de Jamal, Ahmad, ému, ne dit rien, mais s'approcha de son ami et l'embrassa longuement en pleurant.

Leur amitié était ainsi scellée par ce long baiser silencieux. Jamal avait la peau très brune et les yeux presque verts. Ses cheveux frisés étaient très épais. Il y avait dans son regard une énigme difficile à cerner, quelque chose de troublant. Ahmad n'arrivait jamais à soutenir ce regard qui l'émouvait beaucoup. Toute l'ambiguïté de leur rencontre, toute la violence de leur passion étaient inscrites dans ce regard nostalgique d'un ciel lointain. Quand il mettait du kohol autour des yeux, il donnait une légère expression de cruauté à ce regard. Il en jouait discrètement dans cette société d'hommes imbus de leur force mâle où les manifestations de virilité étaient grotesques. Jamal était l'élément féminin dans cette université où les seules jeunes filles qui étudiaient, venaient tout enveloppées dans leur *haïk,* comme des momies qui auraient effacé leur corps.

Ahmad l'aimait avec la passion du secret et du silence. Cet homme qui bravait les foudres des théologiens de la Qaraouiyine, qui n'avait peur de personne, se trouva tout d'un coup démuni, tremblant et dominé par une timidité qui prit l'aspect d'une torture.

Tout autour de lui, il regardait se faire et se renforcer une société conformiste et conventionnelle. Une société qui cultivait ses préjugés et s'accrochait à ses privilèges. Il observait des hommes vivre et mourir dans le mensonge et l'hypocrisie. Il les voyait se prêter à beaucoup de jeu et de concessions, satisfaits dans le confort et la sécurité des certitudes.

Comme disent les manuels d'histoire : Fès, creuset d'une civilisation et d'une culture! C'était vrai. Mais c'était aussi le lieu de la servitude de l'âme pour l'égoïsme et les lois de l'intérêt. Société arrogante, elle pensait faire l'histoire, et n'hésitait pas à revendiquer, comme l'un de ses fils, le premier résistant et martyr, Allal Ben Abdallah, qui leva un poignard sur Arafa, le sultan fantoche installé par les Français.

Fès, société secrète? Non, société fermée. Elle verrouillait ses portes sur ses biens, sur ses bijoux et jeunes filles à la peau très blanche et à la chevelure longue. Des corps nubiles — un peu gras — mêlés dans la nuit par les jeux du silence et de l'attente. Tout était réglé au sein de cette ville qui donnait des leçons de savoir-vivre et de civilité au reste du pays, avec une pointe de mépris à peine dissimulé pour les habitants des plaines et des montagnes. Les *aroubia* et les *jbala* ne pouvaient pas s'introduire — même riches — dans ces familles à l'aristocratie nostalgique du quatorzième siècle andalou.

Ahmad connaissait parfaitement les lois cachées de ce réseau. Fils d'artisan, il était exposé à subir le sarcasme de cette aristocratie qui n'arrivait pas à renoncer à ses habitudes esclavagistes. Sa révolte accentuait donc son exclusion. Si la médina de Fès est faite de ruelles basses et étroites, faite de labyrinthes sombres, de pierres vieilles et lourdes, c'est parce qu'elle couve, telle une mère, des certitudes fortes et inébranlables. Ville sans marge! La marge est hors de l'enceinte, au-delà des murailles... Ahmad haïssait cette ville qui l'empêchait de respirer. Alors il préférait la chambre noire, chambre anonyme, fermée sur l'effervescence d'une pensée audacieuse, folle, géniale, atteinte déjà d'asthme et de migraine. Il écrivait de très longs poèmes d'amour où le ciel, la mort, l'amour et Jamal étaient confondus. Des textes pris aux ténèbres d'une âme souffrante, torturée par la commodité et la médiocrité environnantes.

Il se levait la nuit et errait dans les rues, écrivant avec un morceau de charbon sur les murs, des phrases, des bribes de phrases que lui seul pouvait comprendre. Il laissait sur les portes des signes, des Croix du Sud, des cercles imparfaits, des triangles avec un point au milieu, des chiffres indiens, des lettres de l'alphabet grec. Il dessinait aussi un œil immense inscrit dans la paume d'une main ouverte, des mots arabes inachevés, des points d'interrogation et un peu partout le nom de Jamal. Il était possédé par cet amour fou qu'il assimilait à sa révolte. Seul Jamal le comprenait. Seul cet être aux yeux clairs pouvait lui manifester une complicité réelle. Il allait pleurer sous sa fenêtre, en silence, espérant que sa pensée très forte l'atteindrait dans son sommeil et le ferait venir jusqu'à ses bras tendus. Le matin, le père de Jamal le trouvait endormi sur le seuil de la porte. Il le réveillait et appelait son fils pour s'occuper de lui.

Il n'allait plus à la Qaraouiyine, ce qui arrangeait bien ses professeurs qui pouvaient enfin raconter n'importe quoi sans courir le risque d'être contredits et confondus. Jamal, seul, ne réagissait pas. Il était troublé par sa relation de plus en plus passionnée avec Ahmad. Il avait peur et cherchait à se libérer de cet amour violent. Il lui écrivit une lettre, non pour rompre cette relation, mais pour l'atténuer, pour la rendre plus supportable.

« Ahmad,
J'ai lu, comme tu le souhaitais, le livre d'Abû Hayyân Tawhîdî, *Épître sur l'Amitié et l'Ami*. J'ai compris hélas que ce qui nous lie, toi et moi, c'est la maladie dans ce qu'elle a de plus noble et de plus beau. Notre amitié est un feu qui est en train de nous consumer, je n'envisage pas une seconde de porter atteinte à cette flamme, mais j'ai peur et je te le dis.

L'amitié est un bien supérieur à toutes les vertus. Sache que je suis et serai toujours dans cette amitié avec toi, pour toi, confondu en toi.

Jamal. »

Cette lettre provoqua chez Ahmad une nouvelle crise de larmes. Ravagé par la passion et l'angoisse, il se laissait lentement dépérir dans sa chambre noire. Sa mère défonça la porte un matin et exigea une explication.

— Mon fils, tous ces livres devraient t'apporter la lumière, et soulager tes souffrances. Tu ne manges plus. Tu ne nous parles plus. Dis-moi, parle-moi franchement, est-ce à cause de l'amour, à cause d'une femme? Veux-tu que j'aille la demander en mariage, pourvu qu'elle ne soit pas de ces familles trop riches pour nous!

— Non, Yemma!

— Alors, dis-moi, parle-moi.

— Peux-tu, que Dieu te garde, faire emporter cette lettre à Jamal?

Elle la prit et sortit, désemparée, de la chambre. C'était une lettre, longue, faite d'une dizaine de feuillets. Une écriture illisible. Elle était toute remplie de dessins et de graffiti, comme ceux qu'il traçait sur les murs et pierres de la médina.

Peu après, la petite bonne rapporta la lettre. Jamal avait définitivement quitté Fès. Sa mère disait ne rien savoir de l'endroit où le père avait emmené son fils, malade.

Ahmad n'était pas surpris. Il devait s'y attendre un peu. Il prit la lettre, la déchira et se mit à la mâcher. Quelques jours après, il tomba dans le coma. Un médecin dit que c'était la fièvre typhoïde. On le transporta à l'hôpital de Fès Jedid où il demeura quatre mois. Il se réveillait de temps en temps et se rendormait. Seules ses lèvres n'avaient jamais cessé de bouger. Quand ses parents vinrent le chercher, il ne les reconnut pas et refusa de les suivre. Le médecin le garda quelques jours dans son service et l'adressa ensuite à l'hôpital psychiatrique Sidi Fredj.

Ahmad avait perdu la mémoire. Il avait réussi à tout oublier, les livres et les êtres. Ce fut à ce moment-là qu'il s'inventa une mémoire et racontait à qui voulait bien l'écouter ses fabuleux voyages à travers les mers. Un jour, un infirmier lui dit :

— Arrête de raconter des histoires, tu n'es quand même pas Sindibad le marin.

— Si, Sindibad, c'est moi!

Ses parents étaient désespérés. Son père mourut peu après dans un accident du travail; il tomba d'un échafaudage. Sa mère avait trop de chagrin; elle s'en remit au saint Moulay Idriss et passait ses journées à prier et à offrir de l'eau aux passants.

Après s'être enfui de Sidi Fredj, il traîna dans Fès Jedid. Il devint porteur, puis gardien de voitures en ville nouvelle, menant ainsi une vie de vagabond, simple d'esprit, ne se lavant pratiquement jamais et dormant dans un couloir du bordel Moulay Abdallah. Il rencontra Boby lors d'une bagarre. Boby faisait partie d'une bande de guides clandestins qui proposaient leurs services aux touristes non groupés. Ils rôdaient autour des hôtels et à l'entrée de la vieille ville. Boby n'était pas le plus futé de la bande. Il n'osait pas déranger les touristes. Un jour, ce fut un touriste qui s'arrêta et lui dit :

— Hé! mouchacho! Peux-tu me montrer la médina, les souks et les mosquées?

— Oui, monsieur! Tout ce que tu veux. La médina, les tanneurs, les cordonniers, ceux qui travaillent la cire, le cuir, les forgerons, Moulay Idriss, la Qaraouiyine, Tal'a, la petite et la grande, la Qissaria, les horloges dans le mur, tout, monsieur.

Ils passèrent toute la journée à se promener. Le

touriste était ravi. Il donna à Boby cinquante dirhams! C'était une somme énorme. Le soir, le chef de bande voulut les lui confisquer.

— Ce n'est pas possible! De ma vie de guide, je n'ai rencontré un touriste qui a payé cette somme. Qu'as-tu fait pour ça? Boby? Tu l'as volé ou bien tu as donné ton cul. Si c'est un vol, tu fais honneur à la bande, mais si c'est autre chose...

— Non, je n'ai pas volé et je n'ai rien fait avec lui.
— Tu te fous de moi?

Le chef roua de coups Boby. Sindibad avait assisté à la scène. Il se précipita et les sépara.

— C'est une putain ce gosse! Aucun honneur! cria le chef.

Boby pleurait. Il jura sur la tête de ses parents qu'il n'avait rien fait de mal avec le touriste. Sindibad le crut et lui proposa de venir dormir sur la terrasse du bordel. Riche de ses cinquante dirhams, il glissa un billet de cinq dirhams au portier. Le lendemain, Sindibad et Boby quittèrent le bordel. Ils n'avaient pas de bagages. Légers et même heureux. Ils ne cherchaient pas à savoir pourquoi. Ils décidèrent de passer une journée à flâner et à ne pas travailler.

Ils s'installèrent à la terrasse du café *La Renaissance,* au centre de la ville nouvelle, et commandèrent des cafés au lait, des croissants, du pain, du beurre... Ils regardaient les gens passer en fumant des cigarettes américaines :

— Tu viens d'où, Sindibad?
— Je suis de la région de Fès. Je n'ai pas connu mes parents.
— Tu n'as pas une carte d'identité?

— Une carte, et pour quoi faire ? Je m'appelle Sindibad et tout le monde le sait. S'ils ont des doutes, ils n'ont qu'à interroger les marins qui étaient sous mes ordres. Et toi, pourquoi on t'appelle Boby ? Ce n'est pas un nom pour une personne !

— Qui te dit que je suis une personne ?

Les deux hommes éclatèrent de rire et burent une gorgée de café au lait.

— Oui, mais, Boby, dis-moi la vérité.

— Mon vrai nom est Brahim, mais je préfère Boby.

— Mais c'est le nom d'un chien !

— Et alors. Tu n'aimes pas les chiens ? Tu es comme tous les Arabes, tu n'aimes pas les chiens ! Écoute, si tu veux qu'on soit vraiment amis, ne médis pas des chiens.

— D'accord, Boby, je te promets de ne plus te poser ce genre de questions. Bon. Qu'est-ce qu'on fait maintenant ?

— On va au bordel !

— Mais, on en sort !

— Non, on va coucher avec des femmes, on le paiera...

— Non, Boby, je n'ai plus envie de remettre les pieds dans cet endroit. Si tu veux, on peut aller au cinéma, ou à la piscine...

— Mais nous sommes sales...

— Et si on allait au bain, on va descendre à la médina et on va au bain de Bab el Khokha...

— C'est une bonne idée. Une fois par an c'est bien. On ira ensuite chez le coiffeur.

Quand ils entrèrent au bain, le caissier les examina de haut en bas, appela le patron, refusant de prendre une telle responsabilité.

— Patron! De ma vie de portier de bain, je n'ai vu plus sales que ces deux vagabonds...

— Et alors, le bain est fait pour cela, et comme a dit le Prophète : « La propreté est signe de foi. » Fais-les payer d'avance!

Ils passèrent plus de cinq heures dans le bain. En sortant ils étaient étrangers! La propreté les intimidait. Après le coiffeur, ils passèrent à la Qissaria et s'achetèrent deux djellabas blanches.

— A présent, Boby, nous sommes présentables. Nous n'avons plus un sou. Je propose qu'on aille dire quelques versets du Coran sur la tombe de tes parents. Ils sont bien enterrés à Legbeb?

— C'est une bonne idée. Moi je n'y crois pas beaucoup, mais ça nous fera une promenade. Et puis je ne déteste pas les cimetières.

A Bab Ftouh, Boby ne se souvenait plus où se trouvaient les tombes de ses parents. Quand il vit une belle dalle de marbre, il dit :

— C'est ici.

Sindibad avait une belle voix. Il récitait le Coran machinalement sans en connaître le sens. Il suffisait à Boby de prononcer le premier mot d'un verset pour qu'il continuât automatiquement.

C'était un vendredi. Il y avait beaucoup de visiteurs au cimetière. Un jeune homme s'approcha de Sindibad et lui donna un billet de dix dirhams en le remerciant d'avoir bien voulu réciter le Coran sur la tombe de son père.

Sindibad était tout étonné, regarda Boby qui était embarrassé et, sans arrêter le débit, fit signe de la tête pour dire merci au jeune homme.

Ce fut ainsi que tous les vendredis, Sindibad gagnait un peu d'argent. Le reste du temps, il traînait avec Boby, surveillant les occasions bénéfiques comme les mariages ou autres cérémonies où il proposait ses services pour vider les marmites.

8

Le danseur

Sindibad ne riait plus. Boby tirait nerveusement sur la bride du cheval. Yamna se retournait de temps en temps pour voir si tout allait bien. Ils se dirigeaient vers Moulay Idriss Zarhoun. Une étape nécessaire dans le long voyage.

Le visage de Sindibad devint sombre : des bribes d'une vie oubliée et enterrée menaceraient-elles de réapparaître? Il était incapable de savoir ce qu'il y avait derrière ces rumeurs à peine esquissées. Des bruits, des images, des parfums traversaient son esprit, comme au début d'un long réveil. Il avait l'impression de quitter un état d'inconscience, un état de coma, l'impression d'émerger d'un profond sommeil ou d'une eau trouble. Interpellé d'horizons invisibles, perdu dans un champ blanc sans repères, il était pris de peur. Tel un enfant abandonné ou oublié de tout le monde. Il sentait comme un bras fort qui le tirerait vers ce champ blanc et lointain, vers des événements inscrits dans un passé annulé, rayé de sa vie. Les pensées de l'oubli montaient en lui lentement, confuses et troublantes comme la fièvre.

Plantées au milieu d'une terre rouge et sèche, des ruines attiraient des groupes de touristes tantôt hilares, tantôt ennuyés. Il y avait l'éternel obèse en short, casquette de plage, appareil photo suspendu autour du cou et qui se balance sur le ventre au rythme de la marche. Il y avait aussi sa femme qui suivait derrière avec de grosses lunettes noires et son guide ouvert à la page adéquate, commentant à son époux le site, lisant à la lettre l'histoire confondue avec la légende et se demandant tout à coup, au moment de remonter dans le car qui n'avait pas arrêté son moteur, « mais où est donc ce marabout dont on parle dans le guide? ». Comme personne ne lui répondait, elle dit à son mari, la chemise trempée de sueur : « J'ai dû me tromper de page! »

A peine ce car parti, un autre aussi gigantesque et bondé arrivait dans un nuage de poussière, suivi d'une centaine de gosses proposant des bibelots de toutes sortes à ces étrangers venus consommer trois mille ans d'histoire en une dizaine de minutes.

Quand Yamna et les autres arrivèrent dans la ville à la recherche du tombeau de saint Moulay Idriss Zarhoun, ils furent accueillis par une nuée de gamins qui les prirent pour des touristes d'un genre nouveau, des étrangers qui se seraient déguisés en Marocains pour passer inaperçus.

Sindibad retrouva son humeur, et son visage redevint calme et serein. Boby était effrayé par cette foule. Yamna décida de rebrousser chemin. Les chevaux étaient fatigués. A la sortie de la ville, une halte d'une heure s'imposa sous un arbre. Yamna en profita pour faire le point :

— A Meknès, nous allons vendre les chevaux et nous ferons le reste du voyage en car. Cela pour deux raisons : la première, les chevaux risquent de nous retarder beaucoup dans notre marche; la seconde, je voudrais que l'enfant entende et voie d'autres visages. Avec nous, il est isolé. Dans le car, il y a de la vie et même de l'agitation...

— C'est vrai, Yamna, l'interrompit Boby, la dernière fois que j'ai pris le car, on m'a volé mes petites économies... C'est vrai; il y a de la vie et de l'agitation!...

— Il n'y a rien à voler! poursuivit Yamna. Et puis qu'est-ce que nous risquons? Rien! Au contraire, mêlés aux autres, nous passerons inaperçus et nous mènerons à bien notre mission.

— Moi je suis d'accord, dit Sindibad. Cette dernière étape fut pénible pour moi. Je n'étais pas bien tout le long du trajet. J'avais comme une nausée qui ne se déclarait pas vraiment.

Yamna réfléchit un instant puis dit :

— Si, il y a un risque : que le secret soit divulgué. Il faut faire très attention.

Le soleil allait bientôt s'éteindre. On le voyait s'éloigner à travers les branches de l'arbre. Un moment paisible et doux. Le silence régnait tout autour de l'olivier, l'enfant s'était assoupi. Un moineau veillait sur lui, accroché au bout d'une branche très légère.

Juste après le coucher du soleil, ils se levèrent à la recherche d'un endroit pour passer la nuit. Le ciel était rempli d'un mélange de couleurs, belles et subtiles. Ils trouvèrent refuge dans une ferme vide. Elle n'était pas abandonnée mais gardée par un chien qui devait être content de recevoir la visite d'éventuels nouveaux maîtres.

Après le dîner, Yamna s'isola avec l'enfant et reprit

l'histoire de saint cheïkh Ma -al-Aynayn. Il l'écoutait à la lumière d'une bougie.

Ma -al-Aynayn était un chérif, un descendant de la noble famille du prophète Mohammed. Préféré de son père, il prit très vite son indépendance et, à l'âge de vingt-huit ans, il décida d'aller en pèlerinage à La Mecque! C'était au printemps de 1858. Il partit seul de Hodh à Tanger sur un chameau. Il parcourut ainsi trois mille kilomètres dans une solitude complète.
Il s'est arrêté cependant à Marrakech et rendit visite à Sidi Mohammed, futur roi du Maroc. A Meknès, il fut reçu par le sultan Moulay Abderrahman, qui ordonna à son représentant à Tanger d'organiser dans les meilleures conditions le voyage en Orient du jeune cheïkh. Il ne changea rien à son itinéraire jusqu'à Tanger, poursuivit son voyage à dos de chameau. Comme tu vois il entretenait de bons rapports avec la dynastie alaouite. A vingt-huit ans, il était déjà un 'alem, un homme de science et de religion, et aussi un homme politique reconnu et apprécié par l'autorité interne du pays qui devait se dire qu'il valait mieux l'avoir avec elle que contre elle.
A Tanger, il était attendu par le représentant royal et les notables de la ville qui lui organisèrent une cérémonie pour son départ à La Mecque. Il aimait bien ce genre d'égard. Il prit le bateau et ne perdit pas beaucoup de temps en discours. Il avait emporté avec lui des livres, beaucoup de livres. Il rédigea quelques notes durant le voyage. Arrivé à La

Mecque, il fit son devoir en bon musulman, exécuta les tâches obligatoires pour tout pèlerin, mais très vite se mit à la recherche des hommes de science, des 'ulama avec qui il voulait discuter et échanger des réflexions et théories. On raconte qu'il réussit à rencontrer le grand mystique cheïkh Abderrahman Efendi. Ma -al-Aynayn raconte lui-même dans son œuvre *Na't al-bidayat* que ce mystique « recherchait le secret de la lettre H (H' â) ح et attendait de lui qu'il l'éclairât à ce sujet »! La lettre H'â dans l'alphabet arabe est la lettre du mystère. Elle est probablement un élément dans la pratique de la magie, dans les écritures devant agir sur le Diable et éloigner le mal. Ma -al-Aynayn tomba malade au moment du retour. Il séjourna à Alexandrie et ne revint à Tanger que cinq mois après. En rentrant à Saquiat el Hamra, il passa par l'oued Noun et Tindouf.

Comme tous les cheïkh, Ma -al-Aynayn était un visionnaire armé du sabre et de la plume. Homme du Sud, fils des sables, il avait appris à respecter la majesté du désert et du ciel. Il était de leur silence et de leur dignité. Il était de ces chefs qui, même en temps de paix, pratiquaient la guerre, non contre les autres, mais contre eux-mêmes. Jamais satisfait. Point de vanité. Il y avait en lui une volonté puissante et une force supérieure qui s'affirmaient dans son immense humilité. C'était sur soi qu'il emportait des victoires, c'était son souffle et son âme qui étaient ainsi domptés. Un être à la générosité suprême qui ne pouvait tolérer qu'une personne s'avilît. Voilà quelques pages de la vie de cet être vers lequel nous nous approcherons jusqu'à toucher la pierre et le sable avec lesquels il bâtit une citadelle sainte. Étrange! Il apparaissait souvent voilé en public...

Yamna éteignit la bougie. La nuit était claire et le ciel avait cette couleur rare dite bleu de nuit!

L'enfant était ébloui par toutes ces étoiles qui ne le quittaient pas. Il regardait ce coin de ciel et y lisait les prémices d'une vie qui s'élaborait à un rythme rapide et intense. La conscience ne l'avait jamais quitté. Il lui manquait la parole, mais il n'en souffrait pas vraiment.

C'était un voyageur à la mémoire encore inhabitée. Les rares souvenirs venus s'y imprimer s'ennuyaient. Il ne les ramenait pas à la surface du jour. Il se laissait conduire vers le Sud, gardant le regard profond et indéchiffrable. Était-il triste? Était-il heureux? Il était en instance d'un sentiment au-delà de la tristesse et du bonheur. Le nom et la vie de Ma -al-Aynayn le guideraient vers la lumière, celle de l'âme. Il allait ainsi en pèlerinage vers la source et la lumière, vers le miroir suprême, vers soi, dans la grâce de l'être qui a fait de sa tombe une cime de sainteté. Il savait à présent qu'il ne pouvait devenir un autre qu'en se débarrassant de tous les masques. Il était nu et déjà loin, très loin de cet autre qu'il avait été. Plus de souvenirs.

La voix d'un vieux sage résonna dans son esprit :

> Courage! Et bientôt je pense,
> Vous pourrez voir l'enfant danser;
> Dès qu'il se tiendra sur ses pieds
> Vous le verrez marcher sur la tête.

Il s'endormit en pensant au danseur.

9

*Prends-moi avec toi,
je suis ta fille,
tu es ma mère...*

La gare routière de Meknès est une cour des miracles. Comme tous les lieux de départ et d'arrivée, elle est aussi lieu de l'énigme, du jeu, du rire et de la violence.

Le vrombissement des autocars n'arrivait pas à couvrir la voix d'un mendiant aveugle guidé par un enfant résigné. La main gauche cramponnée à son épaule et l'autre main tendue :

— Aidez ce non-voyant. Que Dieu vous préserve des ténèbres. Donnez à cet enfant pour que votre route soit bonne, celle de la lumière et du Bien. La lumière du cœur qui donne est une lumière céleste...

Il s'arrêta un instant et reprit de toutes ses forces.

— Ô toi, voyageur, aie pitié de celui qui reste, oublié de la vie.

Il fut légèrement bousculé par Sindibad qui dit à l'oreille de Boby :

— C'est la vieille école, ça marche encore on dirait.

Boby fit remarquer :

— Tu as vu le gosse, qu'est-ce qu'il s'ennuie! A combien crois-tu qu'il le loue par jour?

— Cinq dirhams maximum. Et encore, ce sont les parents qui en bénéficient. Quel scandale!

— Les gens donnent!

— Bien sûr, ils sont superstitieux, surtout les paysans. Dès qu'ils montent dans une voiture, ils croient qu'ils vont mourir; alors c'est le moment pour faire une bonne action...

Tout autour de l'autocar une vingtaine d'adolescents rôdaient, proposant leurs bras pour porter les bagages, aider les grosses personnes ou les vieillards à monter en voiture, et piquer éventuellement un porte-monnaie, une montre ou un bijou.

Yamna s'était déjà installée sur la banquette arrière, tout au fond du car, en attendant l'arrivée de Sindibad et de Boby. L'enfant était calme, malgré la chaleur et le vacarme amplifié par l'écho. A l'entrée de la gare, un petit bonhomme hurlait derrière une montagne de menthe fraîche.

— La menthe de Zarhoun, la fameuse, l'unique, la spéciale, la menthe au parfum le plus relevé, la menthe qu'a goûtée Oum Khalthoum quand elle était au Maroc...

Juste à côté de lui un nain proposait des amulettes en faisant des clins d'œil aux femmes :

— Le miracle. C'est tout ce que j'ai à vous dire. Le miracle!

Un gamin essayait de vendre des cartes postales de La Mecque classées dans une boîte, et dans une autre des photos de Japonaises à moitié nues qui clignent de l'œil quand on bouge un peu la carte. Le même vendait des stylos dont la partie supérieure transparente est remplie d'un liquide qui, lorsqu'il descend, déshabille une baigneuse.

Tout autour de la station, un jeune gars cherchait des clients pour les taxis collectifs, un autre faisait de la publicité pour un hôtel minable, Hôtel du Progrès.

Un début de dispute à l'avant du car. Une question de place et de billets portant le même numéro. Sindibad et Boby se frayèrent difficilement un chemin dans l'allée centrale de l'autocar. Un gosse vendait des œufs durs, des oranges et du chewing-gum, un autre des cigarettes au détail. Le chauffeur donna deux grands coups de klaxon, le graisseur lui demanda de patienter. A ce moment deux hommes en djellaba rayée un peu usée et sale montèrent et demandèrent l'attention des voyageurs.

— Frères, nous vivons une époque où le rire vient après la blessure!

— Frères, nous vivons une époque où il faut savoir rire de soi d'abord avant de rire des autres.

— Rire jusqu'aux larmes, jusqu'à confondre l'erreur avec la vérité...

— Rabi'a-la-Sainte, notre mère, disait : « Cherche le voisin avant la maison/et le compagnon avant le chemin. »

— Nos vertus...

— Non, parle plutôt des vertus de nos ancêtres...

— Nous irons en quête de nos vertus, car nous avons pris l'habitude de nous en passer...

— Il n'y a pas que les mains qui corrompent et avilissent...

— Il y a l'âme qui a oublié de fermer ses portes et qui s'est vendue pour un peu plus de vanité et beaucoup moins d'orgueil...

— Je vois trop de têtes consentantes, trop de têtes qui regardent le sol..

— Ames trafiquées et histoire suspendue!
— Avidité, avidité... Nous n'avons plus de flammes pour éclairer nos visages, car nous n'avons plus de visage à montrer à nos enfants.

Le graisseur leur dit en les bousculant :
— Allez-vous-en, ça suffit! Vos histoires ne nous intéressent pas...

En descendant du car, l'un des deux hommes lança :
— Ô toi qui vas vers ton origine, « sois avec ce monde-ci comme si tu n'y avais jamais été, et avec l'Autre comme si tu ne devais plus le quitter ».

Le car se mit en marche, laissant derrière lui un univers de bruit et de poussière avec une multitude de gosses courant derrière la moindre occasion. Des mots et des chants couvrirent la course effrénée d'une foule qui ne savait plus où cacher son visage.

Yamna drapée dans un immense haïk blanc (le haïk est le linceul des vivants, un masque en lin ou en coton qui couvre et dissimule le corps des femmes, fait de plis et de poches sans fond, il est le voile du mystère, de la misère et de l'extrême ambiguïté) surveillait le moindre geste de l'enfant. Elle le préservait des regards. Le mauvais œil peut frapper n'importe où et n'importe qui. Elle regardait et examinait l'allure des voyageurs qu'elle apercevait de dos ou de profil — il est des dos très significatifs.

Ils étaient loin de se douter qu'ils faisaient un voyage historique, du moins une partie du trajet, et qu'ils étaient en compagnie d'un ange, d'un être d'exception qui voyait et entendait tout mais ne pouvait parler, un enfant entre les mains d'une image et de deux apparences.

Le car roulait lentement. Il s'arrêtait souvent pour prendre des voyageurs.

Le visage de Sindibad fut de nouveau traversé par un éclair de haute lucidité suivie d'inquiétude. Un souvenir, peut-être. Le souvenir d'un regard, d'un parfum ou d'une voix. Quelque chose de désespéré jaillissait ainsi, sortant des profondeurs inconnues et insoupçonnées. De nouveau le malaise et la peur. Sindibad était aux prises avec des mains et des sons venus du néant. D'un geste de son bras, il essayait de chasser ces images venues obscurcir un ciel limpide et apaisant. Boby, naïvement, lui demanda :

— Que fais-tu avec tes gestes ? Tu chasses les mouches ou des fantômes ?

Il ne répondit pas tout de suite. Comme s'il revenait de loin, ou sortait de la lecture d'un livre, il dit :

— Tu vois, Boby, la vie n'est possible, n'est supportable qu'en trichant un peu. Je suis de l'avis de celui qui a dit : « Je suis persuadé que, sans cette fraude universelle, personne ne voudrait entrer dans un monde si trompeur et que bien peu accepteraient la vie si on les avait prévenus auparavant de ce qu'elle était. »

— Mais tu as des idées bien noires, mon beau voyageur !

— Tu oublies, Boby, que nous sommes engagés dans une mission délicate et qui bouleverse nos repères. Avant, nous étions tranquilles, nous étions dans une misère qui ne nous déplaisait pas beaucoup. Nous survivions dans le silence et la paix des morts. Nous étions en sécurité, enveloppés dans les draps de la nuit. Nous étions nous-mêmes un secret et une musique. Nous survivions grâce à cette fraude dont parle le philosophe. A présent nous sommes nus, nous n'avons plus de masque, ou du moins nous sommes appelés à l'enlever... Et puis crois-tu que nous avons la moindre force pour nous battre contre le Destin? Pourquoi va-t-on imposer la vie à cet enfant, pourquoi l'encombrer, alors qu'il est si facile de passer directement du berceau au tombeau!

— Tu me fais peur, je ne t'ai jamais entendu parler comme ça! Tu es malade?

Yamna qui avait suivi la discussion intervint :
— Mais Sindibad, tu parles comme un livre!
— Yamna, je suis un livre, j'ai été lu une seule et unique fois et ce fut la seule et unique qui m'importât. Je suis le manuscrit perdu, égaré entre la nuit et l'aube. Un livre mal fermé. De temps en temps des pages sont emportées par le vent et tombent sous les yeux de lecteurs eux-mêmes égarés. Parfois elles arrivent jusqu'à moi, là, sous mes yeux. Je ne fais que les lire sans savoir pourquoi je m'absente et pourquoi je suis pris par leurs phrases. Je suis certain d'une chose à présent : si je suis un livre, je suis un livre inachevé!

Yamna dit :
— On verra à la fin du voyage comment toutes ces énigmes seront résolues... En tout cas, je retiens le dernier lambeau de phrase dit par toi entre Meknès et Khémisset : « du berceau au tombeau ». Sache que c'est vers un tombeau que nous allons.

Le car s'arrêta en un lieu désert. Un jeune homme, probablement un paysan ou du moins un homme de la plaine, un berger peut-être monta l'air hagard, la tête rasée, il s'avança vers le fond de l'autocar, là où il y avait une place libre. Il s'assit en s'excusant auprès de Sindibad. Quelques minutes après, pressé par une envie étouffante de parler, il se tourna vers Yamna et lui dit :

— Je vais à Rabat pour aller en France... Je vais voir quelqu'un qui embauche pour la France. Si j'ai de la chance je partirai gagner de l'argent. Je sais lire et écrire, mais pas beaucoup. Et vous, vous allez en France?

— Non, répondit Boby, nous allons...
— A Casablanca, dit brutalement Yamna.
— Je ne connais pas Casablanca, mais je connais Meknès. Je n'ai pas de passeport, mais si je suis embauché, pas de problème.

Il fit un geste de la main pour signifier qu'un passeport ça s'achète. Puis continua :

— Je connais un voisin qui est parti en France il y a cinq ans. Il est revenu avec une voiture et a acheté un tracteur à son père. Il est marié et a trois enfants. Moi aussi j'achèterai un tracteur à mon père. C'est mon père qui m'a avancé l'argent du voyage et du reste. Il est d'accord pour que j'aille à l'étranger. Ici je ne fais rien. Je vends des légumes sur le bord de la route. Je vois beaucoup de Marocains avec des voitures de France. A Rabat, c'est rien du tout. Je suis fort. Jamais malade.

— Moi aussi j'étais fort, intervint un voisin. Après m'avoir usé, oui, usé, mon frère, ils m'ont renvoyé sans indemnité, sans rien du tout. Je suis fini. Moi aussi je vais à Rabat, pas pour partir en France, mais pour aller à l'hôpital. Je n'ai plus de souffle. Je travaillais dans les mines. Je suis un vieillard à quarante-six ans! La France, quelle misère, mon frère. Il faut qu'on cesse de mentir aux gens. Il faut leur dire la vérité. Faire fortune en France! Tu parles, c'est la crève!

Le jeune paysan ne crut pas un mot de ce que disait

ce voyageur dont l'apparence physique était celle d'un homme malade, démoli, quelqu'un qui sortait d'une longue et pénible épreuve.

— Oui, mais moi je n'ai rien à perdre! dit le jeune homme qui regardait le paysage, songeur et décidé à ne rien lâcher des ficelles de son rêve.

Yamna repensait à cette histoire du manuscrit effeuillé par le vent et qui se relisait lui-même au gré du hasard. Elle avait remarqué que Sindibad changeait, qu'avec l'épreuve et le cours du temps, cet homme se laissait habiter par quelqu'un d'autre. Même physiquement il avait changé. Il était devenu plus grave, plus sérieux qu'avant. On aurait dit que quelqu'un était en train de revenir à sa place, ce qui produisait malaise et inquiétude chez Sindibad. Était-il expulsé de lui-même? Se sentait-il en trop dans sa peau?

Boby était dérouté et Yamna avait peur d'une explosion, celle que produirait une transformation trop brutale et impromptue. Elle se disait, consciente des risques : « Pourvu qu'il tienne le coup jusqu'au bout. Après tout, c'est la marche pour le salut individuel de chacun! »

A Khémisset le car s'arrêta un bon moment. C'était l'heure du déjeuner. Tous les voyageurs descendirent à l'exception de Yamna et de l'enfant. Elle regardait les gens manger debout et pensait au Sud, à la paix des sables, au silence plein de la nuit, elle pensait à la gratuité superbe de cette paix et de ce silence. Elle rêvait au minéral cendré des dunes éclairées par la lumière du regard, une lumière dissimulée dans un visage, dans une voix, dans un souffle.

Yamna attendait et rêvait cet instant depuis le premier jour où commença l'errance. Elle était l'exil d'une âme déchue. Elle était le retour, l'exil et le désert venus jusqu'au berceau, jusqu'à la source et la pierre du cimetière.

Elle observait les gens manger vite et mal. Ils étaient laids, c'est-à-dire étrangers à une pensée et à un rêve. Des intrus. Yamna eut honte. Elle en voulait à ces pauvres compagnons de voyage d'être là, de manger et d'avaler des verres de thé machinalement.

Une petite fille noire monta, les pieds nus, la robe en guenilles, et se précipita vers la seule personne se trouvant dans l'autocar. Elle avait l'air décidé, s'assit près de Yamna et ne dit rien. Elle se croisa les bras et se tourna vers Yamna qu'elle fixa, puis, après un long silence gêné, elle dit :

— Prends-moi avec toi. Je suis ta fille et tu es ma mère. Donne-moi un nom. Bénis-moi et je suis à toi. Je t'aiderai. J'irai chercher l'eau à la fontaine, je ferai tout ce que tu veux.

— Comment tu t'appelles?
— Je n'ai pas de nom.
— Mais où sont tes parents?
— Je n'ai pas de parents.
— Ce n'est pas possible. Ils sont morts?
— Non, je n'ai pas de parents. C'est toi ma mère. Dis-moi, où est mon père?

Les voyageurs commencèrent à regagner leur place. La petite fille était inquiète. Elle se serrait contre Yamna et lui tenait le bras. Quand elle vit arriver le graisseur, elle cacha son visage dans les plis du haïk de Yamna. Il la reconnut et se mit à hurler :

— Encore toi, allez dégage! Va rejoindre ta mère,

elle est en train de baratiner un pauvre touriste. Allez, fous le camp! Dehors!
Elle se leva et disparut.
Le graisseur dit à Yamna :
— Elle vous a fait le truc de l'adoption, fille de personne, etc.? C'est sa mère qui l'envoie pour voler... Quelle misère!

Yamna avait longtemps rêvé d'avoir une fille. Elle avait un nom pour elle : Tafoukt, « soleil » en langue amazigh. Elle avait repéré un petit jardin où elle l'emmènerait se mêler aux fleurs d'une saison tardive. Mais les rêves de Yamna comptaient peu. Ils faisaient partie d'une nostalgie impossible et nébuleuse.

La petite fille à la peau mate devait déjà proposer son âme à quelque autre étrangère. L'autocar redémarra en faisant beaucoup de bruit et en dégageant un nuage gris de poussière. Sindibad regardait le paysage. Boby somnolait un peu et Yamna surveillait le sommeil de l'enfant. Deux jeunes gens — probablement des étudiants — se mirent à chanter en jouant du *bendir*. Le vent rapportait les paroles de leurs chansons dites sur un rythme ancien :

ما همّوني غير الرجال إلا ضاعُو
الحيوط إلا رابُو كُلّها يتْبني دارُو
ما همّوني غير الصّبيان مَرْضُو وجَاعُو

Il ne m'importe que les hommes s'ils se perdent
Les murs démolis peuvent être reconstruits
Ne m'inquiètent que les gamins malades et affamés...

Boby fut réveillé par le rythme du bendir. Ravi, il tapait des mains et tout son corps essayait de suivre la mesure. Quand les deux jeunes gens s'arrêtèrent, la moitié des voyageurs applaudit. Boby fouilla dans sa vieille sacoche et sortit au bout d'un moment un minuscule transistor qu'il plaqua sur l'oreille droite. Sindibad, étonné lui demanda d'où il avait eu cette radio.

— C'est mon secret! Si je le divulgue, mon transistor se transformera en pierre et je n'aurai plus d'information sur notre avenir...

— Mais quelle information et quel avenir? s'écria Sindibad.

— Tu as l'air de t'en préoccuper très peu! Tu as effacé l'avenir, toi. Tu as consenti de t'en libérer. Or, moi, je refuse de me séparer du futur. L'avenir, notre avenir, m'intéresse et c'est pour cela que je suis branché sur cet appareil.

Sindibad lui arracha le transistor des mains et essaya de le faire marcher. Il n'y parvint pas. Il y avait juste un bruit de parasites où on entendait vaguement un mot ou une note de musique. Pas étonnant. Les piles étaient usées. Sindibad le rendit à Boby en riant :

— Mais il ne marche pas ton truc, les piles sont mortes!

— Tu es jaloux! En tout cas, piles mortes ou pas, je reçois les informations dont j'ai besoin.

— Mais quelles informations? Donne-moi un exemple.

— Écoute, je ne vais pas tout te dévoiler, mais je vais te dire ce que j'ai appris hier, pendant que toi et Yamna dormiez : le soleil va s'arrêter à Zenit ou à Tiznit — je n'ai pas bien compris, c'était un mot avec des *z* et des *t*.

Il va briller tellement fort que certaines personnes périront dissoutes. Comme il ne bougera plus, nous serons privés d'ombre. Ce jour viendra, tu verras. Moi, j'échapperai à la dissolution, parce que je ne serai ni à Zenit ni à Tiznit. Mais là, tu n'as qu'un petit bout d'information. De toutes les façons, seuls les chiens peuvent sentir venir les catastrophes. Rappelle-toi le tremblement de terre d'Agadir. J'étais encore jeune. Je devais avoir dix ans et je n'avais pas encore la conscience et la perception aiguës des chiens, et pourtant, du fond de la médina de Fès, j'avais senti que les entrailles de la terre allaient bouger. J'eus de la fièvre la veille, mais personne ne fit attention aux messages que j'irradiais. En tout cas, j'étais chargé de dire, d'avertir, ou simplement de murmurer quelque chose aux humains.

— C'est bon, Boby. Heureusement que tu es là, avec nous. Avec toi, on se sent en sécurité. Que Dieu te garde! dit Yamna, en jetant un regard complice à Sindibad.

A l'entrée de Salé, l'autocar faillit renverser une charrette qui quitta brusquement le bord de route pour aller à gauche. Sur ce véhicule de fortune il y avait toute une famille de paysans, un mouton ligoté et un sac de blé. Il y avait le grand-père et ses deux épouses, ses trois fils et leurs femmes et pas moins de huit enfants. Ils devaient aller rendre visite au fils aîné qui travaillait dans un garage à la sortie de Rabat. Lorsque l'autocar freina, l'émotion fut grande parmi les voyageurs qui se levèrent pour voir si le sang avait coulé sur la chaussée. La famille sur la charrette ne s'était rendu compte de rien. Imperturbable, elle ne comprenait pas pourquoi cet énorme car s'était tellement rapproché de leur véhicule. De colère le chauffeur donna un grand coup de klaxon et reprit sa route en maudissant les paysans, les charrettes et les cyclistes.

Boby s'était cogné le front contre le dossier du siège devant lui. Il en riait et disait que la bosse qui n'allait pas tarder d'apparaître serait la « bosse du secret suprême ».

La gare routière de Rabat donnait directement sur le marché de gros des fruits et légumes. Le sol était jonché de tomates, d'aubergines et de pastèques écrasées. Les badauds étaient plus nombreux qu'à Meknès et les adolescents à la recherche de n'importe quel travail pullulaient. Le car fut pris d'assaut par nombre de mains et de bras nus. On vendait la ville, ses remparts, ses enfants et même une partie du ciel. Les mots fusaient de tous côtés dans un vacarme de plus en plus amplifié.

De l'autre côté de cette place où la fureur du manque était à peine contenue dans le regard d'enfants nus, oubliés de la vie, mais qui savaient encore rire, des hommes étaient assis, le dos contre la vieille muraille rouge, les genoux retenant les bras et la tête. Ils étaient l'un à côté de l'autre, alignés. Ils ne disaient rien et ne bougeaient presque pas. Même les mouches s'agglutinant sur leurs turbans n'étaient pas chassées. Silencieux et immobiles. Ils prenaient le soleil et tournaient le dos au temps. D'ailleurs le temps ne passait pas pour eux. Toujours là, au même endroit, immuables. Leurs pensées devaient voyager, prendre le large, partir de l'autre côté du jour. Des statues déposées ici par une main invisible, par un destin sans tendresse. Ces hommes étaient là, indifférents, hors de toute durée, sourds au vacarme de la gare routière. Impassibles. Immortels. Au bout de la rue, une porte grise avec un guichet : le bureau d'embauche.

Yamna et Sindibad regardaient cette muraille et ces hommes assis au soleil. Ils n'entendaient plus les voix qui criaient tout autour du car. Ils ne voyaient plus cette foule disponible à n'importe quelle violence pour la survie. Ils regardaient cette file d'attente le long de la muraille, une file d'êtres las, fatigués d'attendre. Des êtres absents, oubliés d'eux-mêmes. Ils avaient connu eux aussi, mais en des époques différentes, cette attente lente et silencieuse, cette violence retenue dans l'immobilisme d'un corps avili.

Boby avait l'oreille collée à sa petite radio. Il ne se rendait compte de rien. Il devait d'ailleurs être absorbé par la collecte d'informations.

Une jeune fille monta dans le car, sans bagage, l'air un peu effrayé. Elle chercha des yeux une place et courut se cacher au fond du car juste devant Boby. Elle était habillée d'une djellaba marron foncé. Elle devait être en fuite. En comptant ses sous, il lui manquait deux dirhams pour le prix du billet jusqu'à Casablanca. Son visage était tuméfié, et les yeux étaient rouges. Elle avait dû être battue, par une maîtresse de maison, par un mari ou un frère qui a le sens de l'honneur!

On ne saura rien de cette jeune fille qui ne dit pas un mot, mais qui avait un regard grave, chargé de douleur et de tristesse. Elle descendit avant l'entrée de Casablanca et on la vit courir dans un champ d'épis verts aussi hauts que sa taille. Elle disparut ainsi parmi les plantes et les pierres. Peut-être allait-elle rejoindre la mer, traversant un champ où il n'y avait pas trace d'homme. Elle pouvait à présent se débarrasser de sa djellaba lourde et courir vers les sables. Elle pouvait enfin parler, crier sa haine, hurler sa solitude et raconter à la mer sa vie confisquée très tôt et vendue à l'oubli.

Yamna ne pouvait pas ne pas s'identifier à cette jeune fille qui échappait ainsi à la violence quotidienne par un ultime sursaut où elle allait enfin trouver son salut. Yamna aussi avait été battue par la maîtresse de maison quand elle était domestique à Fès. Elle l'avait brûlée sur le ventre avec une baguette de fer rougi au feu. Elle gardait encore les cicatrices. C'était au début de son arrivée chez cette famille aisée et traditionnelle. Elle était ainsi marquée au fer rouge comme une esclave. Fuir ? Oui, mais à l'époque elle sortait d'un autre enfer.

En arrivant à Casablanca, Yamna décida de ne plus prendre le car. Ils allaient faire le reste du voyage en taxi collectif. Le comportement de Boby commençait à l'inquiéter. Elle en parla avec Sindibad, mais lui-même était dans l'embarras.

Ils furent hébergés dans la grande mosquée d'El Habous. Un fqih jeune et dynamique les reçut :

— Invités de Dieu, cette route est longue. Que la miséricorde et la clémence de Dieu soient avec vous. Vous êtes ici dans une ville haute dans l'estime des gens d'argent, une ville à l'âme en retrait, en instance de pureté et de grandeur. C'est une ville large comme un corps sans membres, un visage inachevé. Elle est favorable aux riches et impitoyable pour les démunis. Ici le pauvre s'appauvrit et le riche s'enrichit. La religion et l'âme de nos racines n'y peuvent rien. Vous verrez comme l'Islam est devenu le refuge des uns et des autres : ceux qui ont fait fortune viennent de temps en temps remercier Dieu — quand ils ont encore quelques scrupules —, ceux, dépossédés par les hommes, viennent aussi, mais pour implorer Dieu de les aider. Moi, je suis là, je regarde, j'observe et je prends patience. Les enfants de ce pays courent dans les rues, sans but, sans raison. Il y en a qui viennent dormir ici, d'autres rôdent dans la grande ville avec les chiens. Croyez-moi, ne vous attardez pas trop dans ce territoire, devenu indigne de vous. Mais n'oubliez pas que c'est une ville qui, lorsqu'elle se réveille, fait trembler le reste du pays. Ce fut ici que la résistance contre l'occupant s'organisa. Ce fut dans ces rues que le peuple se souleva en mars 1965. Casablanca est peut-être muette, mais elle n'est pas sourde. Elle accumule les réserves de passion et de violence, de colère et de révolte. Trop, trop d'humiliation. On a pris l'habitude d'humilier les faibles, ceux qui ne possèdent rien. Mais méfiez-vous de ceux qui n'ont plus rien à perdre...

Le jeune fqih criait. On aurait dit qu'il faisait un discours devant une assistance nombreuse et passionnée. Yamna l'écoutait sans trop s'émouvoir. Boby faisait semblant de l'écouter tout en gardant le transistor collé à l'oreille. Seul Sindibad était grave, le visage crispé, le regard fixe. Il ne perdait pas des yeux le fqih; lorsqu'il s'emportait, celui-ci levait les poings et les laissait tomber nerveusement sur un pupitre imaginaire. Sindibad était de nouveau visité par des souvenirs épars et flous. De nouveau, l'angoisse le serrait à la gorge. Cet état où les images lui parvenaient inachevées, formant des souvenirs mutilés, accumulant des impressions d'un vécu probable, le fatiguait. Cela le rendait nerveux, et il luttait contre lui-même pour ne pas tout lâcher et sombrer dans une perte de conscience ou une folie faite de violence et d'abandon.

Le fqih évitait de rencontrer son regard. Lui-même devait être perturbé mais ne le montrait pas. Cependant, le ton de son discours comme son contenu dissimulaient une gêne ou l'approche de quelque catastrophe. Après s'être arrêté un instant, il poursuivit :
— Merci de m'avoir écouté. Tel est le discours que je rêve de faire ici même lors de la prière du vendredi. Mais ils me soupçonnent déjà de ne pas être docile. Ils m'envoient tous les jeudis des instructions pour le discours du lendemain. Si je n'avais mes diplômes de la Qaraouiyine et aussi d'El Azhar au Caire, ils se seraient déjà débarrassés de moi. Remarquez, les diplômes ne les intimident pas. Mais j'ai des appuis! Excusez-moi à présent. Je dois partir. Que Dieu vous garde.

Cet ancien étudiant de la Qaraouiyine avait reconnu Sindibad. Il abrégea son discours et partit.

Jamal n'avait pas beaucoup changé. Il était même devenu plus beau. Il s'était laissé pousser la barbe, un peu pour effacer les traits juvéniles d'enfant rebelle.

A la tombée de la nuit, au moment où Yamna s'isolait pour parler à l'enfant, Sindibad quitta la grande mosquée, suivi de Boby. Une force intérieure le poussait à aller à la recherche de Jamal. Il n'était pas sûr de lui; il marchait au hasard, redoutant le moindre événement. Retrouver Jamal était ce qu'il craignait le plus. Ses souvenirs l'informaient à moitié, l'excitaient puis l'abandonnaient. Son passé avait été jusqu'à présent un immense trou noir. Depuis quelque temps de rares lumières faisaient de brèves apparitions dans ces ténèbres. A peine croyait-il voir une figure ou un geste que la petite lumière disparaissait, telle une étoile filante. Cet état d'incertitude manipulé par l'apparence et l'illusion rendait sa respiration difficile; comme un asthmatique, il s'étouffait.

Les rues de Casablanca étaient particulièrement animées cette nuit. Sindibad errait, à la recherche d'une ombre. L'ombre de Jamal ou de lui-même. Il marchait, guidé par un instinct indéfini et ne disait rien. Il poussa la porte d'un bar sordide où la lumière rouge tamisée ne laissait rien voir. Boby essaya de le retenir :

— Tout de même, tu ne vas pas fréquenter ces lieux!

Ils restèrent immobiles près de l'entrée, essayant de dévisager les hommes attablés en train de boire bière sur bière. Deux filles se tenaient derrière le bar. Un petit homme sec s'occupait de la caisse. Par terre des centaines de mégots de cigarettes et des peaux de fèves cuites à la vapeur. Il y avait là beaucoup d'ombres. Il n'y avait que des ombres. Des hommes à la recherche de ce grand trou noir qui hantait Sindibad. Des mots allaient et venaient, se répétant comme dans un écho puis chutaient dans une grande chope de bière. D'autres mots partaient avec la fumée des cigarettes.

Un homme saoul sortit de là, titubant. Il se mit contre le mur et urina très longuement. En revenant à sa table, il s'arrêta un instant, puis dit à Sindibad en lui tenant le bras :

— Ma vie, monsieur, est un tas d'ordures. Je n'ai plus aucun souvenir sous la main. Je suis parvenu, monsieur, à être aussi transparent que cette urine qui chemine là derrière vous. Moi au moins je me suis débarrassé de moi-même. Je ne suis plus. Celui qui vous parle n'est qu'une silhouette, une ombre, qui se remplit de mauvaise bière pour donner l'illusion de la consistance.

L'homme continuait de parler dans cette demi-obscurité. Il ne s'aperçut même pas du départ de Sindibad et de Boby.

Il y avait d'autres bars et d'autres ténèbres hantés par d'autres ombres. Sindibad les visita presque tous, dans le profond espoir de ne pas rencontrer la silhouette redoutable du secret et de la mémoire.

A la sortie nord de la ville, face au grand dépôt des agrumes, Sindibad et Boby pénétrèrent dans une espèce de hangar qui faisait fonction de restaurant, de café et de salle d'attente pour les paysans qui venaient vendre leurs récoltes. Certains d'entre eux dormaient d'un sommeil profond, allongés sur des bancs. D'autres somnolaient, assis en face d'une théière et des verres de thé. Des jeunes gens jouaient aux cartes. Des femmes, enveloppées dans leur haïk, attendaient le lever du jour. Sindibad commanda deux bols de *harira* chaude et un demi-kilo de crêpes au beurre et au miel. Des paysannes faisaient cuire les crêpes dans un coin du hangar.

Sindibad et Boby étaient fatigués par leur marche.

— Alors qu'allons-nous faire à présent? demanda Boby.

Comme il n'eut pas de réponse, il reprit :

— Mes informations sont graves, j'ai appris tout à l'heure que si nous arrivons en même temps que la pleine lune à notre destination, nous deviendrons du sable. Moi, j'ai peur. Je ne sais pas ce que tu en penses ni ce que tu comptes faire. Tout cela me paraît bien bizarre, et puis le plus grave c'est que nous n'avons aucune prise sur ce qui nous arrive. Ce soir, par exemple, tu es possédé, habité par quelqu'un d'autre. Tu marchais dans la ville sans regarder où tu mettais les pieds. Quand tu changes de visage et que tu deviens silencieux comme une pierre, moi, je t'avoue que je panique. Et puis cet enfant qui ne parle jamais... Il ne pleure pas. Il est là, illuminé, et nous, nous suivons bêtement...

— Arrête, Boby, et ne crie pas, tu vas attirer l'attention des gens sur nous. J'aurais bien aimé te parler et apaiser tes inquiétudes, mais, crois-moi, ce qui nous arrive nous dépasse. Nous n'avons pas le choix. Nous sommes guidés par une force que nous ne contrôlons pas. Je me sens parfois comme tiré vers une trappe laissée il y a longtemps derrière moi, comme ce soir par exemple. Je sentais la présence d'une main qui me tirait vers une autre vie, une vie lointaine, je pleure mais je n'ai pas de larmes. J'ai longtemps cultivé les passions de l'oubli. C'est ce qui me jette aujourd'hui dans la solitude de l'homme qui meurt étouffé.

— J'abandonne! Je retourne au cimetière.

— Malheureux, ne fais pas ça!

— Et pourquoi? Serais-je plus malheureux? Plus personne ne me parle. Toi, tu es pris dans tes vertiges. Yamna est occupée avec le gosse. Et moi je crève... Je n'ai plus de rêve, plus d'aspiration, plus d'espoir de devenir un chien. Toi-même tu n'y crois plus.

— Cela ne sert à rien de s'énerver. Sois patient, Boby. Quand on aura terminé notre mission, nous retrouverons la paix, la sérénité et même le bonheur éternel. De toutes les façons, l'enfant n'est qu'un symbole. C'est de nous qu'il s'agit. De toi et de moi. Nous sommes nous-mêmes ce destin qui nous guide et nous transporte hors de nos limites.

Le jour commençait à se lever. Les deux hommes avaient bien mangé et étaient apaisés. L'image de Jamal avait disparu, engloutie par la trappe obscure. Les doutes de Boby étaient loin à présent. Ils reprirent le chemin du retour, souriants, soulagés. Quelque chose s'était dénoué, mais le mystère et l'énigme persistaient. En arrivant à la mosquée, ils allaient en avoir la preuve.

Après s'être déchaussés, ils se dirigèrent vers le *minbar* où ils avaient laissé Yamna et l'enfant. Ils n'y trouvèrent personne. La mosquée était presque vide. Seul le gardien et un voyageur dormaient à l'entrée. Ils cherchèrent partout quand ils entendirent la voix de Yamna descendre du dôme principal :

— Malheureux égarés! Vous avez failli perdre la trace du jour. Sortez de la mosquée et venez me rejoindre à la grande porte.

Yamna s'était installée en haut du minaret où, juste avant l'aube, elle parla à l'enfant :

> Lorsque Ma -al-Aynayn reçut de son père le titre de cheïkh, il ne manifesta pas de joie excessive. Il se baissa, baisa les mains de son père et mit sa tête sur son épaule droite en signe de soumission. Il eut la bénédiction du père et s'en alla méditer. Il était ainsi investi du devoir de former et de guider les citoyens — ses disciples de « Ahl Barakat Allah » — et les autres nomades, migrateurs, soldats. Il devait susciter en eux l'orgueil et la fierté, développer la force et la volonté de s'opposer à tout envahisseur étranger, leur apprendre à se battre, à aimer la terre et la communauté.

Le cheïkh savait ce qui menaçait son pays. Il connaissait, presque vingt ans à l'avance, ce que l'histoire allait donner. Il soupçonnait les appétits des Chrétiens d'Espagne et de France et ne se faisait pas d'illusion sur leurs desseins.
Il s'installa loin de sa famille à Saquiat el Hamra, et fit bâtir une maison de pierre : « Dar el Hamra », qui devint une *zaouia*. Son pouvoir s'étendit et se renforça. Le sultan Moulay Hassan Ier confia au cheïkh une responsabilité politique : la garde des frontières sud du royaume entre Dakhla et le cap Juby, avec bien entendu tous les territoires qui les séparent.
L'homme de lettres, l'ami des philosophes, le passionné du soufisme, allait devenir un chef guerrier. Il rassembla ses enfants et leur dit : « Les savants sont les héritiers du Prophète. Leur place est moralement supérieure à celle des chefs. Notre communauté a besoin des savants et d'un chef, car notre territoire, notre pays, est menacé par l'Espagne à l'extrême nord et à l'extrême sud. Les Chrétiens occupent depuis des siècles Ceuta et Melilla. Ils viennent d'occuper une base à Villa Cisneros et comptent marcher sur tout le Sahara. Nous devons repousser l'occupant par tous les moyens, au nom de la foi en la terre, au nom du prophète Mohammed, au nom de l'Islam. J'ai décidé de fonder une ville avec une mosquée pour les fidèles et un lieu pour les armes. Cette ville sera notre lieu, notre source et notre destin. Et comme a dit un vieux sage chinois : Quand le ciel nous envoie des calamités, nous pouvons quelquefois les éviter; quand

nous nous les attirons nous-mêmes, nous ne pouvons les supporter sans périr. Alors préparons-nous à relever tous les défis. »
Il a fallu cinq années de travaux en plein désert pour construire la ville de Ma-al-Aynayn : Smara. Une ville élevée sur un lit de jonc. Un guerrier reguibet demanda audience au cheïkh et lui fit part de ses inquiétudes : « Cheïkh ! Nous sommes des nomades. Notre demeure est immobile, elle est partout où nous allons. Nous sommes comme le sable, nous sommes l'ombre insaisissable. A présent que la pierre est entrée dans notre vie, ne crois-tu pas qu'elle va changer notre destin? Une ville peut être un refuge, un symbole pour la résistance. Mais au désert, elle devient un objectif pour l'ennemi; elle devient fragile. Pardonne-moi ma franchise, cheïkh, mais les Reguibet m'ont chargé de te transmettre leurs inquiétudes. »
Le cheïkh le regarda longuement puis dit : « Il y a dans cette ville une mosquée avec un *mihrab* tourné vers La Mecque. Il y a aussi un quartier général pour préparer cette résistance. Et puis, c'est vrai, nous ferons de cette ville un symbole. Elle ne sera pas un lieu de sédentaires mais une source et une étape pour les nomades qui viendront de Tindouf où vivent nos disciples, de Tarfaya et de tout le Sahara. Et puis en face de Smara s'étend la route des caravanes qui relie l'oued Noun à Adrar et Tiris. Rassure les Reguibet et transmets-leur mon salut. »
Je te raconterai Smara un autre jour. A présent nous reprenons la route.

10

La nuit claire de l'apparence

C'était une belle Chevrolet noire datant de la fin des années cinquante. Une voiture large et solide. Le tableau de bord était là pour le décor. Les aiguilles indiquaient depuis longtemps, depuis toujours, le vide, le néant. Elles signalaient ainsi l'insolence du temps. Elles s'étaient arrêtées dans leur cadran, un peu au hasard. Le propriétaire du taxi les astiquait avec un chiffon jaune. Il aimait faire briller le métal.

Après maintes tractations, il installa ses voyageurs : Yamna, l'enfant, Sindibad et Boby sur la banquette arrière; devant, un gros et un mince.

Avant de tourner la clé de contact, il balbutia quelque chose comme « Au nom de Dieu le Miséricordieux »...

C'était un homme vif et rusé. Il avait encore sa famille dans le Haouz et il faisait le taxi entre Casablanca et Marrakech. Il se mit à raconter une histoire :

— Un jour, c'était un vendredi de la pleine lune; j'allais rentrer chez moi à Douar Doum, quand le petit Brahim m'arrêta et me dit : « Une affaire pour toi : trois pèlerins qui viennent d'arriver à Casablanca et ils sont impatients de rentrer chez eux, à Marrakech. Ils sont prêts à payer le prix. » C'était dix heures du soir. Je fais mon petit calcul et je me dis, après tout, pourquoi pas? Je n'ai pas sommeil et puis j'aime bien rouler à la lumière de la lune. J'arrive près de la gare, je vois trois vieux messieurs, habillés en blanc. Des hommes silencieux, fatigués sans doute par le voyage, en tout cas, ils ne discutèrent même pas le prix. Ils me donnèrent quatre billets de cinquante dirhams. Pas un mot. Ils ne dormaient pas. Ils avaient les yeux ouverts et ne bougeaient presque pas. Le silence pesant m'angoissa. Ce n'est pas que j'aime le bruit, mais j'aime la parole. Je mis en marche la radio. Une main l'arrêta. Je roulais et j'observais la lune. Elle était tellement pleine et belle qu'elle risquait de tomber. Des fois, j'ai des clients un peu maniaques. Ceux-là étaient sous la loi du silence. Vers une heure du matin, j'entrai à Marrakech. J'arrêtai la voiture à la gare routière de Jamaa el Fna et descendis leur ouvrir la portière et leur donner leurs bagages.

« Vous n'allez pas me croire, mais je vous jure sur la tête de mes enfants que ce que je vais vous dire est la stricte vérité : sur la banquette arrière il y avait trois sacs en toile blanche remplis de paille. Dans le coffre, il y avait une sacoche pleine d'ossements humains. J'allais devenir fou, j'ai hurlé. Personne ne m'entendit. Je mis la main dans ma poche pour vérifier s'ils ne m'avaient pas refilé de la fausse monnaie, et je trouve quatre pierres, des cailloux pas plus grands que des poires.

« Alors vous savez, depuis ce jour-là, je ne voyage plus de nuit et je parle avec mes voyageurs. Il faut me comprendre! Que chacun raconte une histoire. La route sera moins longue!...

Le mince avait une moustache très fournie. Il tirait nerveusement sur ses poils qu'il mettait dans une boîte d'allumettes vide. Quand le chauffeur eut terminé de raconter ces histoires, il dit :

— Ton histoire, si elle est vraie, me rappelle ce qui est arrivé l'année dernière à mon cousin qui se croyait plus rusé que tout le village. Si vous permettez, je vous la raconte :

« Il s'appelle « Zrirek » à cause de ses yeux qui sont très bleus. Après six mois de démarches, il arriva à décrocher un contrat de travail en France et un passeport. Mais avant de partir en immigration, il pria sa mère d'aller demander la voisine en mariage. Une très jolie fille. Très maligne. Elle a des yeux qui font tomber les oiseaux, tellement ils sont beaux et pleins de malice. Se marier avec Zrirek? Pourquoi pas? « Ce sera, dit-elle, Zrirek le mandat. » Son père la gronda pour ce manque de respect, mais le mariage fut célébré une semaine avant le départ de Zrirek. J'étais à ce mariage. C'était simple mais assez riche, enfin pas comme les Fassis. Zrirek partit donc et laissa sa jeune et belle épouse chez ses parents. Elle attendait toutes les fins de mois le facteur. Une lettre ou un mandat. Rien. Des mois et des mois sans rien. Aucune nouvelle. Un jour il envoya une lettre à son père pour lui dire que tout allait bien, qu'il gagnait bien sa vie. Pas un mot pour sa femme.

« Trois ans avaient passé. L'été il apparut sur le seuil de la porte, habillé d'un costume trois pièces; cravaté et parfumé, il avait des valises toutes neuves. Il demanda après sa femme. « Mon fils, lui répondit sa mère, elle est repartie chez elle. Tu es parti et tu l'as oubliée. Alors elle est rentrée chez ses parents. » Elle marqua un temps, puis dit : « De toute façon, tu arrives à point. Je t'annonce une bonne nouvelle : tu vas être bientôt père. Nous espérons tous que ce sera un garçon! »

« Zrirek, furieux, se mit à hurler : « Comment est-ce possible? Cela fait trois ans que je suis parti et ma femme vient d'être enceinte! Mais c'est de la folie. Je vais tout casser. Je vais la tuer... »

« Non mon fils, reprit la mère, tu ne vas rien casser du tout et tu ne vas tuer personne. Calme-toi et écoute-moi. As-tu déjà entendu parler de l'« enfant endormi »? Ta femme est enceinte de toi. Cet enfant a été conçu il y a trois ans, et les anges l'ont endormi dans le ventre de sa mère en attendant le retour du père. A présent tu es revenu. Les anges ont libéré l'enfant. Tu verras, il aura tes yeux. Ils seront aussi bleus que les tiens! »

« Zrirek se calma et attendit avec impatience la naissance de l'enfant. Ce fut un garçon et il avait les yeux bleus!

Le moustachu éclata de rire en disant : « J'espère que vous ne croyez pas à l'enfant endormi! »

Le chauffeur commenta : « Moi j'y crois! Je crois à beaucoup de choses. Regardez cette belle main verte, elle m'accompagne et me protège. Elle arrête le mauvais œil. » Sur le pare-brise est dessinée avec de la peinture verte une main aux cinq doigts légèrement écartés, la paume est traversée par un œil ouvert, dessiné assez maladroitement. Au-dessus, calligraphiés le nom d'Allah et de Mohammed.

Le gros assis à droite du moustachu égrenait un chapelet. D'une voix rauque, il dit :

— A propos, moi aussi j'ai une histoire à vous raconter. Elle est vraie. Je connais la personne à qui elle est arrivée!

Le chauffeur, content, acquiesça de la tête en encourageant le gros à parler :

— Oui, on t'écoute. Chacun son tour. Les histoires, il n'y a pas mieux pour passer le temps, surtout sur les routes. Celui qui a inventé *les Mille et Une Nuits* a dû être un voyageur. Car vous comprenez, les paysages qui se succèdent peuvent vous donner le vertige, la migraine ou de l'angoisse. Moi, avant, ça me donnait de l'asthme...

Sindibad intervint :

— Mais laissez-le raconter son histoire, si vous ne voulez pas que la migraine et l'asthme vous reprennent...

Le gros déposa son chapelet et s'installa de biais pour s'adresser à tout le monde :

— C'est l'histoire d'un tailleur juif de Melilla qui avait raté sa vie parce qu'il avait désobéi à ses parents. Non seulement il n'avait pas leur bénédiction, mais il était frappé par leur malédiction. C'était un grand gaillard, pas beau du tout, maigre, très maigre. Il n'avait pas d'amis ou presque. On le voyait souvent avec un vieux fqih, un musulman, une espèce de charlatan qui écrivait des amulettes pour dénouer les sorts ou pour jeter le mauvais sort. Très vite, Shmihan — c'était un surnom — est devenu réputé pour donner le mauvais œil. C'était extraordinaire. Il valait mieux, non seulement ne jamais avoir affaire à lui, mais même ne pas le rencontrer. Un seul regard et tu es cuit! D'ailleurs quand il sortait, les gens qui le connaissaient l'évitaient. Quand il venait à la synagogue certains juifs la quittaient avant même de terminer leurs prières. Shmihan n'était pas mauvais, au fond, mais il portait malheur. Cela le rendait triste et des gens l'ont vu un jour pleurer dans un coin de rue. Le fqih-charlatan commença à l'utiliser. Moyennant un peu d'argent, il le chargeait d'aller porter le mauvais œil sur une personne déterminée. C'était d'une efficacité effroyable. Il gagnait sa vie ainsi. Il avait abandonné sa boutique de tailleur et de matelassier et ne faisait que se promener dans les rues à la recherche de victimes. De plus en plus de gens l'évitaient, tellement il était devenu une calamité et un danger. Un jour il rencontra une Rifaine de Nador chez le fqih. Elle n'était pas belle mais troublante. Il tomba amoureux d'elle. Un coup de folie. Comme il était tout le temps là, elle lui fit cette réflexion : « Tu n'es pas beau, tu ne me fais pas peur, et puis si tu veux me plaire, commence par raser cette barbe! » Il se précipita chez lui et se mit en face du miroir. Il ne savait pas comment raser cette barbe très fournie et longue. Il se regarda longuement, fixa ses yeux jusqu'aux larmes. Il découvrit combien il était malheureux, combien la malédiction maternelle était lourde à porter. Il coupa sa barbe, et, une fois rasé, il se regarda longtemps encore dans la glace.

« Le lendemain, il eut une fièvre très violente et mourut la nuit même dans une solitude complète. A force de se regarder dans le miroir il avait fini par se donner le mauvais œil!

Le gros reprit son chapelet et attendit les commentaires. Pas un mot. Cette histoire les plongea tous dans une grande gêne. Ils ne savaient quoi en penser.

— C'est un peu fabriqué, dit le moustachu.

— Elle est triste, ton histoire, marmonna le chauffeur qui, se tournant vers la banquette arrière, dit : Et vous, qu'allez-vous nous raconter ? J'espère que ce sera plus gai.

Boby répondit :

— Je vais vous raconter une histoire. Mais elle est tellement incroyable que vous allez me traiter de fou. C'est notre histoire...

Yamna intervint rapidement.

— Non, c'est à moi de vous raconter une belle histoire. Moi aussi j'ai beaucoup vécu et je peux vous faire rêver d'ici jusqu'à la fin de notre voyage.

Sindibad appuya la proposition de Yamna. Il fallait empêcher Boby de parler.

— Oui, Yamna, raconte, fais-nous rêver. Fais-nous oublier Melilla et la folie de ce pauvre homme.

— Je voudrais vous dire, ô compagnons de route, vous dire la terre de l'insolence suprême, l'étendue du silence et de la lumière, je voudrais, ô amis de la parole et des mots, si vous avez de la patience, vous conter l'histoire où rien n'arrive, ou rien ne commence et où tout finit dans la béatitude et la paix des sables.

« C'est du désert que je parle et déjà ses images, transparentes et chaudes inondent mon esprit. C'est vers cet infini changeant et ce miroir du ciel que vont mes mots pour puiser une phrase, fabriquer un conte.

« Toutes les histoires ont une fin. Pas celle du désert. Voilà pourquoi je ne cesserai pas de la dire, et vous, vous ne vous lasserez pas de l'entendre, car elle est énigme.

« C'est l'histoire de dunes et d'ombres qui avancent lentement à la recherche d'un rivage, guidées par l'oiseau migrateur. Un oiseau ou une main. Pour découvrir l'origine dans la mort suspendue.

« Le rêve. Oublié de l'océan mais non du temps. Elle est en nous son histoire; elle nous traverse dans l'oubli nocturne, au moment où nous abandonnons nos habits et nos masques. C'est l'histoire de la nuit qui ne succède plus au jour mais à elle-même. Quand la nuit se laisse inonder de la lumière du matin, elle se retire dans l'extrême humilité, un peu vaincue par l'absolu de ce territoire, nu, invisible, immatériel.

« Ô compagnons! La vérité est de cet absolu, enroulée dans le sable, enroulé lui-même par le vide dans le vide; seule la lumière reste suspendue au-dessus d'un puits où la légende a noyé un enfant le septième jour de sa naissance, un enfant qui n'aurait pas dû naître, ni être conçu, juste en cette nuit de l'erreur, juste en cette fête du destin.

« Ô amis du songe! La nuit est une robe légère qui touche à peine les flots et les dunes, qui voile les blessures de la terre dans le plus profond des silences. Terre mêlée au ciel, tendrement repliée sur quelques pierres sacrées, garantes des quatre vertus essentielles : l'orgueil, la pudeur, le courage et l'intelligence de l'intelligence.

« Ô compagnons des mots et des chants, c'est une histoire interminée, se déroulant loin de la vanité des hommes, au sommet de toutes les passions, la passion de l'oubli.

Yamna aurait pu continuer ainsi à raconter le désert. Elle prononçait les mots avec lenteur et répétait des phrases plusieurs fois. Le chauffeur n'osait pas l'interrompre, mais il montrait bien qu'il était surpris et

inquiet. Ce fut Sindibad qui, profitant d'un long silence, intervint :
— L'histoire du désert est aussi vaste et infinie que l'histoire de l'océan. Je me souviens qu'une fois, lors d'un voyage long et pénible sur le Nil, j'étais pris d'une forte fièvre. Je délirais. C'était une nuit de pleine lune, une nuit d'une clarté troublante : des silhouettes couraient le long du fleuve en m'interpellant. J'avais failli me précipiter vers elles. C'était les bras de la mort qui se tendaient en ma direction, les bras et les mains des hommes — plutôt anges des sables — qui réclamaient ainsi un des leurs. Je fus sauvé par un marin nubien qui connaissait justement l'histoire du désert et de l'océan. Il m'avait retenu avec toute la violence et la force de ses bras. Le lendemain, je me mis à lire le *Livre des morts*. Je n'ai toujours pas compris le mystère de l'étendue qu'elle soit de sable ou d'eau, et je me méfie des anges qui peuvent en une nuit claire surgir et m'interpeller.

Un silence dans le taxi. Le chauffeur toussa. Le moustachu se tourna vers Boby et lui dit :
— Toi, voyageur du silence, n'es-tu pas un homme de l'impatience? N'as-tu pas une histoire à nous conter, une histoire simple ou compliquée, mais une histoire qui se déroulerait au fond des ténèbres, dans la nuit magnifique, nuit de toutes les nuits?

Boby regarda Yamna et Sindibad cherchant leur consentement puis sourit et dit :
— Je ne sais pas comment raconter cette histoire, car j'ai une fâcheuse tendance à confondre la réalité et le rêve, les images que je vois et celles que j'invente. Mais je vais essayer de faire appel aux souvenirs du pauvre.

« J'aime les arbres. Savez-vous qu'il n'existe pas deux arbres identiques? Vous pouvez faire le tour de toutes les forêts du monde, chaque arbre est original, fait, conçu et élevé selon sa propre fantaisie, selon sa propre folie. Ses racines avancent dans la terre, renversent les pierres et enjambent d'autres racines. Ses branches montent, s'entrecroisent et vont jusqu'au ciel. J'aime regarder les arbres et il m'arrive même de leur parler.

« Un jour, je suis allé à la forêt. Je suis allé là avec la ferme intention de me perdre. Il y a un plaisir à se sentir égaré au milieu des arbres. Je marchais, heureux de n'entendre que le bruit des branches et le chant des oiseaux. A la tombée de la nuit je m'étais perdu, mais vraiment et irrévocablement perdu. Je ne jubilais pas trop car un bûcheron ou un garde forestier pouvait surgir, m'indiquer le chemin et m'obliger à rentrer chez moi. Alors je me blottis contre le tronc d'un immense chêne et j'attendis le noir complet. Il n'y eut pas de ténèbres. La nuit était claire, mais il n'y avait pas un seul être humain dans toute la forêt. J'en étais intérieurement convaincu. Je me levai et saluai l'arbre. Je pouvais parler à voix haute car, comme je vous ai dit, il n'y avait personne. Une des branches principales se pencha en ma direction comme pour répondre à mon salut. J'étais comblé. Je passai ma main sur l'écorce. J'eus une drôle de sensation. Un plaisir mêlé de crainte. J'eus l'impression qu'il allait se passer quelque chose d'extraordinaire.

Il s'arrêta un instant. Tout le monde dans la voiture attendait la suite de l'histoire. Il leur dit :

— Jusqu'à présent, mes souvenirs sont fidèles. Pour la suite ayez de la patience et faites confiance au conteur!

« Je me suis mis à parler au grand chêne comme si je faisais des confidences à un ami. Je lui ai dit pourquoi j'ai quitté mes parents qui avaient trop d'enfants et qui ne m'aimaient pas. Je lui ai dit que je me suis enfui parce que je les ai surpris en train de marchander avec un homme habillé en blanc et qui devait être un étranger, venu m'acheter. J'ai appris par la suite que c'était un Français riche, qui vivait seul avec sa vieille mère, il aimait le Maroc et les Marocains. Mon père avait déjà placé mes trois sœurs, comme domestiques chez des Fassis et chez une famille d'Européens à Rabat. J'avais entendu parler de jeunes garçons qui partaient en Europe. Je ne savais pas pourquoi, ni ce qu'ils faisaient. Moi, je n'aimais pas ces choses. Alors je suis parti.

« A ce moment précis, plusieurs branches s'agitèrent. Il n'y avait pas de vent. Pourtant la nuit était très calme. Il y eut un profond silence, le silence qui précède la tempête. J'entendis alors la voix d'un homme : « Tu m'as appelé et je suis là, loin de ma ville, loin de ma tombe. Moi aussi j'aime les arbres, pas seulement ceux qui donnent des fruits et montent vers le ciel. Tu n'es pas un enfant abandonné, ni oublié. Une main te guidera un jour jusqu'à ma demeure. Tu seras comblé par la lumière du matin. Tu seras porteur du secret. Prends garde! Ne le divulgue pas! Dors à présent! »

« L'arbre fut agité de nouveau, puis ce fut le calme. J'eus peur. Je n'ai pas pu dormir. J'ai réussi à quitter la forêt, et depuis cette nuit je ne sais plus où aller avec mes souvenirs et mes rêves.

« Telle est mon histoire. Vraie ou fausse, qu'importe! Je vous l'ai racontée pour nous rapprocher de Marrakech et de sa place, car Jamaa el Fna m'attend; elle nous attend tous d'ailleurs, ô amis du voyage et du conte!

Le chauffeur surveillait le regard et les gestes des voyageurs de la banquette arrière. Il avait un œil sur le rétroviseur et un autre sur la route. Toutes ces histoires l'avaient troublé. Il en conclut qu'une fois encore il transportait des voyageurs peu communs. Il se demanda si c'était bien un enfant que la femme avait dans cette couverture de laine. Durant tout le voyage, l'enfant ne poussa pas un cri. Il imagina beaucoup de choses plus fantaisistes les unes que les autres : ce serait un enfant volé, endormi pour ne pas éveiller les soupçons des gens, ou alors un enfant mort qu'on allait vendre à un sorcier du Sud qui utilise la chair humaine, fraîche et tendre, en particulier le cœur et le foie, pour composer les produits de ses sorcelleries. Il en avait entendu parler, mais rien n'était sûr. Alors, négligemment, il posa la question :

— Comment s'appelle ton enfant?

Yamna, sentant le piège, répondit sans réfléchir :

— Comme tous les enfants de Dieu, Mohammed.

— Et il a quel âge?

— L'âge d'être circoncis et rasé...

— Si c'est la première fois qu'on va lui raser le crâne c'est à Sidi Kaouki qu'il faut l'emmener, dit le chauffeur, un peu rassuré.

— Oui, je connais le saint Sidi Kaoukabi, devenu avec le temps Sidi Kaouki. C'est un marabout sur la route d'Agadir.

Puis, comme si elle se parlait, elle continua :

— C'est le lieu du silence, du vent et de l'arganier. Un

lieu où le corps devient léger comme le duvet et se laisse emporter par le vent froid de l'Atlantique. J'ai souvent rêvé d'habiter sur ce monticule qui s'élève au-dessus de la mer, ou de l'autre côté, en face, sur le cap Sim. Qui n'a pas eu un jour le rêve d'un silence ménagé par des couleurs insaisissables comme le blanc du dôme du marabout, ou le rouge teinté d'encre violette à certains moments du jour, ou enfin cette blancheur bleue d'un matin de brume...

Le moustachu coupa la parole à Yamna :

— Oui, c'est beau Sidi Kaouki, mais c'est plein de puces! Les paysans n'aiment pas se laver. Moi, je préfère aller à l'hôtel. Je vous laisse tous ces marabouts, toutes ces vieilles choses qui empêchent le progrès. Toutes vos histoires sont faites de nostalgie pour la vieille époque où nous étions arriérés.

— C'est ça! ironisa le chauffeur; faisons l'éloge de la France qui nous a apporté l'électricité et le cancer! Continue comme ça et tu vas bientôt te retrouver à bord du « Paquet » qui part de Tanger à Marseille, si toutefois tes chers Français voudront bien de toi sur leur sol!...

— Mais il y en a assez de tout le temps se réfugier dans la religion...

— Je suis désolée, dit Yamna, mais l'amour des marabouts n'a rien à voir avec la religion. C'est même quelque chose de païen, ce n'est pas vraiment dans l'esprit de l'Islam.

— Moi je laisse les marabouts aux touristes et au folklore. Ça ne me fascine pas. C'est le lieu où on cultive d'autres illusions, peut-être plus pernicieuses que celles qu'on trouve dans la religion. Si on est angoissé, il faut aller chez le médecin... Je ne voudrais pas être méprisant ou méchant. Mais permettez-moi de vous citer une pensée que j'avais lue un jour. Elle dit à peu près ceci : « Les livres pour tout le monde sont malodorants; il s'y attache une odeur de petites gens. Les lieux où le peuple mange et boit sentent mauvais. Il ne faut pas aller dans les marabouts si l'on veut respirer un air pur. » Voilà pourquoi je ne resterai pas à Marrakech. Je n'y mettrai pas les pieds avant que cette cour des miracles soit rasée!

Le moustachu était en colère. Il parlait vite et fort. Le chauffeur intervint pour mettre un terme à cette discussion.

— Ne parlons pas de médecine. Prions Dieu ou le Diable de nous garder en bonne santé. Et que nos pieds ne foulent jamais le sol d'un hôpital dans ce pays qui nous est cher, très cher même...

« Nous ne sommes pas très loin de Marrakech. J'ai juste le temps de vous raconter une histoire triste et drôle qui est arrivée à un collègue, mais je préfère méditer un peu...

« Mes amis, nous voilà arrivés en bonne santé à Marrakech la rouge. Regardez là-bas, admirez le fond de l'air, observez ces couleurs changeantes et subtiles du ciel : du rouge, de l'orange, du bleu, du jaune et une immense bouffée d'air pur. C'est cela, Marrakech, juste avant le départ du soleil. De la douceur tombe de ce ciel et rend les Marrakchis disponibles, fraternels, humains... Je vous souhaite un excellent séjour, et j'espère avoir, au retour, des voyageurs aussi riches en contes et histoires que vous.

La petite communauté du voyage se dispersa. Yamna et ses compagnons s'en allèrent à la Koutoubia. Elle parla pendant quelques minutes avec le gardien du monument, qui les installa ensuite dans une petite maison à dix pas du minaret. L'enfant était fatigué. Yamna le nourrit, but un bol de lait et mangea quelques dattes. A la tombée de la nuit, Sindibad et Boby dormaient déjà. Yamna regarda l'enfant. Il était pensif. Ce fut une journée d'innombrables paroles. Il avait besoin de silence et de repos.

Il avait secrètement placé un espoir en l'âme troublée du pauvre Boby. Il le sentait impatient de dire, de crier, de hurler tout ce qui l'étouffait. Il n'était pas bien loin de la folie, et cette ville, où soufflait cette nuit un vent de sable, allait réveiller en lui une force insoupçonnée.

Il n'avait pas encore acquis le pouvoir de la parole. A la limite il n'en voulait pas. Il s'était habitué à ce silence intérieur qui rendait sa conscience de plus en plus aiguë. Il se disait à la manière du philosophe : « Je vis encore, je pense encore, il faut encore que je vive, car il faut encore que je pense. » Il commençait à aimer son destin : une page blanche où s'était imprimée la vie du cheïkh Ma -al-Aynayn. Il se demandait pourquoi la mémoire de cet homme s'était éloignée dans le temps, pourquoi ses vertus de résistant furent si peu évoquées et célébrées dans les écoles du pays. Il savait que le nom d'un autre combattant qui résista au Nord contre les armées françaises et espagnoles et qui alla jusqu'à proclamer le Rif république était à peine prononcé, voire inconnu des nouvelles générations. Ma -al-Aynayn au Sud au début du siècle, Abdelkrim al Khattabi, vingt ans plus tard, au Nord. Le pays était ainsi tendu dans le temps, dans l'histoire, entre deux mémoires illustres. S'approcher d'elles. S'en imprégner. S'y introduire et relever le défi de l'humiliation devenue pratique courante dans le pays. Quel dessein! Quelle ambition! Mais seul un enfant enlevé à la petite vie, étroite et sans grands desseins, était capable de montrer le chemin à une histoire encore balbutiante, maquillée, détournée.

A présent sa vie n'était rien sans ce retour sur la pierre de l'ancêtre du Sud. Sa conscience n'était plus limitée à son être, à sa vie. Elle prenait de plus en plus les dimensions de l'Histoire. Il le sentait par les images qui s'imposaient à lui en permanence : l'image du désert mêlée à celle des montagnes du Rif. Entre les deux, des images de foules et de hordes parquées dans les villes. Beaucoup de bruit et d'agitation. L'intérieur du pays semblait vivre sous pression. L'ordre régnait grâce à une surveillance policière de plus en plus généralisée. L'explosion? Le soulèvement populaire, comme on dit? Une question d'étincelle. Les partis et organisations politiques? Ils n'avaient pas accès au labyrinthe de la vraie fournaise. Toutes ces images rapides et hachurées venaient s'imprimer dans son esprit, de plus en plus clair et lucide. Il était incapable d'expliquer cette évolution, mais il l'attendait avec l'impatience de celui qui avait peur de l'échec et de l'épreuve du vide.

Il laissait aller ses pensées en cette première nuit à Marrakech et devinait l'ivresse de vie, la soif d'exister dans ces ruelles chaudes, enveloppées de couleurs et de légendes. Léger et paisible. Élevé à la pensée du sublime qui sera le terme de cette recherche, de cette errance à la recherche du salut. Il était d'une sérénité exceptionnelle. Enfin débarrassé de tout ce qui encombrait son esprit. Enfin un être neuf dans ce corps réduit aux dimensions de l'innocence. Enfin un destin digne, un destin à aimer sans honte. Enfin l'approche de quelques cimes... et la certitude d'une rencontre avec le temps, avec l'Histoire, que d'autres ont tenté d'effacer et de faire oublier.

Lentement la lumière sortait de la nuit, recueillant les premières paroles du jour. Yamna racontait déjà Smara, la ville des sables qui allait devenir sainte :

> Ma-al-Aynayn voulait une ville digne de sa destinée. Il choisit les maçons les plus réputés et les artisans les plus doués de Fès et de Tétouan. Pendant cinq années, les travaux n'ont pas cessé. Il fit creuser une cinquantaine de puits et de canaux d'irrigation. Il voulait faire de sa ville une oasis, avec palmiers, verdure et eau.
> Dix-huit bâtiments composaient la kasbah entourée d'une enceinte fortifiée. Cinq portes pour entrer dans la ville. La demeure de Ma-al-Aynayn était au milieu : une place murée avec un bâtiment au centre recouvert d'un dôme.
> La mosquée fut l'œuvre la plus ambitieuse du cheïkh. Il voulait en faire le temple le plus important, le plus colossal de tout le Sahara. Quatre-vingt et une arcades!

Il avait, en bon guerrier, fait construire un silo immense pour stocker les céréales, ainsi qu'un grand réservoir d'eau.
Smara était un centre et un lieu d'arrêt pour les nomades et les voyageurs en quête de gîte.
Le cheïkh n'avait pas oublié la culture et l'enseignement. Il dirigeait un centre d'études coraniques et de recherches scientifiques.
Smara était une ville toute neuve, elle devait acquérir son âme dans la résistance contre les envahisseurs. Les armées européennes se préparaient à occuper le Sahara par le Sud. En 1904, le cheïkh eut une entrevue avec le sultan Abdel Aziz qui lui donna par écrit les pleins pouvoirs pour défendre tout le Sahara. Le sultan lui écrivit : « (...) Quant aux moyens qui vous manquent, l'aide que vous attendez de nous et, enfin, l'intérêt que vous voulez que nous vous portions, il est tout à fait de notre devoir de nous intéresser à vous et, s'il plaît à Dieu, vous obtiendrez de nous tout ce que vous désirez (...). »
Un élève de la zaouia de Ma -al-Aynayn, émir de l'Adrar, le chef Ould Aïda, à la tête des hommes bleus fit subir un premier revers à la pénétration coloniale : le 12 mai 1905, Xavier Coppolani, commissaire du gouvernement général de ce qu'on appelait à l'époque l'« Afrique-Occidentale française » est assassiné. La guerre contre le colonialisme venait de commencer au Sahara.

11

'Achoura

Marrakech appartenait aux enfants, du moins depuis ce matin et pour quelques jours. La ville célébrait pour eux la 'Achoura : le dixième jour du premier mois de l'Hégire, le petit-fils du prophète Mohammed, Hossayn, fils de Ali Ibn Abi Tâlib et de Fâtima bint Mohammed, est assassiné. Jour de deuil pour les adultes. Aux enfants, on donne des jouets, des fruits et des bonbons pour les distraire, pour les éloigner du deuil et du souvenir du malheur. Marrakech était donc en fête, offerte aux gamins. Elle avait étalé toutes les couleurs sur la grande place, et permis à toutes les musiques, venues du Nord, venues du Sud, venues de l'Atlas, de fendre le ciel. Jamaa el Fna recevait d'autres conteurs. A la fin de la fête peut-être cette place allait-elle enfin mériter son nom : le rassemblement du néant et de l'anéantissement; le lieu de l'extinction!

Tant de paroles, de chants, de musique, de cris et de couleurs donnaient le vertige à Sindibad et à Boby qui arrivaient à peine à se frayer un chemin dans la foule aveugle. Ils ne tardèrent pas à se perdre; Boby courait dans la place en appelant Sindibad. Égaré, emporté par la bousculade et le bruit sec des pistolets à balle de liège, il se résigna et aima même ce vent d'euphorie et de folie qui devait le transporter vers les cimes ou vers l'abîme, en tout cas vers sa perte. Il savait qu'il suffisait de peu pour perdre la maîtrise et le contrôle de ses gestes et de ses mots. Il avait, depuis longtemps, rêvé à cette foule chaude et inconsciente, possédée par l'ambition d'un sacrifice sublime, un jour de deuil, un jour de fête.

La place tournait, déplaçant les boutiques et les petits commerces abrités sous des tentes. La gare routière était inaccessible, les cafés encombrés et le ciel blanc irradiait une lumière insoutenable. Les conteurs redoublaient de violence et de fantaisie dans leurs gestes et verbes.

Boby allait d'un cercle à un autre, mêlant dans son impatience les histoires des uns et des autres. Il arrivait ainsi au milieu d'un conte et repartait retrouver d'autres personnages nés de la véhémence du conteur et entretenus par sa propre imagination.

Le conteur était plutôt jeune, le crâne rasé, le geste vif et le regard terrifiant :

— ...la gosse, ô mes compagnons et amis, ne se faisait aucune illusion sur sa mort. Elle savait que ça finirait dans une ruelle minable au milieu de la nuit. Le prince de la nuit — j'ai nommé le songe — l'avait depuis longtemps abandonnée. C'était une enfant douée et elle avait tout prévu. Elle attendait. Elle aurait aimé offrir sa mort aux jeunes filles de son douar, des paysannes que la dérive emmène en ville, avec l'illusion du bonheur et de la délivrance...

Juste à côté, un cercle de spectateurs entourant un vieux sage enveloppé dans une immense robe bleue. C'était un homme de l'extrême Sud, un Noir avec une barbichette blanche. Il scandait son récit en tapant sur un bendir, s'arrêtait quelques secondes, fixait le ciel puis demandait à la foule de lever la main droite et de répéter après lui :

— Clémence, Clémence! Miséricorde, Miséricorde!

Deux coups sur le bendir avant de reprendre le conte :

— Ô frères de la Miséricorde! Adorateurs du mystère et de l'étrange! L'histoire est ailleurs, dans un puits, cachée par les sables! Les saints le savent!

« L'adolescent de notre histoire dit aux hommes son amour pour la Vérité. Il évoquait l'incapacité des hommes à mourir de béatitude. Seuls les Indiens en sont peut-être capables. La vieille mendiante aurait pris le maquis si elle n'avait perdu la raison et le reste, si elle n'avait connu que des nuits sans amour dans le territoire extrême de la douleur. Mais personne, ô mes semblables, personne n'avait pensé que le silence était l'âme de cette pauvre femme qui s'amusait à perturber la prière des hommes dans la mosquée du village et qui s'en allait pleurer dans les bois. Je vous assure, ô amis de la vérité, que de vraies larmes ont mouillé ce livre que je dis devant vous en ce jour de deuil et de fête. En ce même jour de l'année du dromadaire et de la famine, la femme aux yeux clairs s'était assise sur la dalle d'une tombe et vit son fils sortir de dessous la terre les yeux crevés, hagard, étendant ses bras ouverts vers la lumière comme s'il recevait une interminable rafale de mitraillette. Il tombait et se relevait dans la poussière et la fumée des armes. Lentement il s'approchait d'une jeune fille nue qui tenait entre les doigts la lame tranchante d'un couteau. Il passa sa main droite, tremblante, sur ses seins, la main gauche dévisageait les yeux et les lèvres de la jeune fille, glissant sur le corps et se laissant ouvrir par le tranchant de la lame. Le sang brûlant en tombant sur ses pieds nus y fit des trous comme si c'était des impacts de balle. Un rouge vif entouré de noir, de noir du sang qui a vite séché en ce jour exceptionnel où le rêve de la femme assise sur la dalle défigurait les images qu'elle convoquait. C'était cela la cérémonie de l'amour ensanglanté et de la fêlure en forme de poème qui se brise comme le miroir tombé d'un carrosse, en ce jour, ô mes frères, où le silence persistant inquiéta les chiens et les chats. Les pierres bougeaient. L'enfant aux yeux crevés sentait que la terre allait d'un seul coup vomir des siècles de haine et de violence. La jeune fille nue était immobile, debout, sur la tombe. Elle tenait encore la lame du couteau entre les doigts. Une larme rouge s'était arrêtée sur la joue gauche. Ses yeux étaient absents. Il y avait là un vide, deux trous énormes. Quelqu'un avait volé ses yeux. Elle ne bougeait pas. Son cœur ne battait plus depuis longtemps. La femme aux yeux clairs poussa un cri long et douloureux puis s'évanouit.

« Le cimetière était vide. Les morts pouvaient enfin déplacer leur tombe et avancer un peu plus vers la mer...

Le vieil homme s'arrêta un instant, fit un demi-tour sur lui-même, donna deux coups sur le bendir puis continua :

— La mer... Ai-je dit la mer? Dites-moi si j'ai prononcé ce mot, ô vous qui avez juré Clémence et Miséricorde! Dis-moi, toi, homme du lointain, peut-être du Nord, peut-être de l'autre côté des mers, toi que je ne vois pas mais qui m'entends, dis-moi si la mer est en nous encore tissée, ou si nous n'en sommes plus dignes et cette histoire s'arrêtera sur toutes ces tombes qui vont vers le rivage où le vent est froid, où la vertu est essentielle, où la terre peut se retirer... la mer... Ai-je dit la mer?...

Boby détourna son regard et vit à sa gauche l'éternel charmeur de serpents qui avait modernisé son matériel de travail. Il n'utilisait plus de flûte pour faire lever ces reptiles sans charme, mais des cassettes enregistrées. Et pourtant une horde de touristes s'était agglutinée autour de lui et le prenait en photo.

Boby s'en alla de l'autre côté où il vit un homme entouré de pigeons brûler de l'encens et parler à voix basse, presque confidentiellement à des jeunes gens qui avaient l'air d'être ses disciples. Il avait, ouverts devant lui, une dizaine de livres jaunis, certains manuscrits. Muni d'une baguette, il jouait avec ses pigeons, et parlait avec lenteur et douceur à ses élèves assis par terre. Boby s'accroupit et tendit l'oreille :

— L'Empire du Secret est en chacun de nous, ô mes jeunes amis. C'est même notre vertu. La vertu du penseur, celui qui n'obéit qu'à sa profonde vérité. Même si nous arrivons trop tôt dans ce pays, nous ne nous arrêterons pas de dire, de répéter, ce que notre conscience ne peut accepter.

« Que dit notre conscience? Le refus. La rupture. L'orgueil. Ne pas s'avilir.

« Or que voyons-nous? Que d'hommes ont désappris la fierté et pour un peu de confort ferment les yeux et leur conscience sur tant et tant d'humiliation! Que dit ta conscience?

« Un philosophe répondit ainsi à cette question : « Tu dois devenir l'homme que tu es. »

« Qui sommes-nous? Des apparences. Des ombres. Des images. Nous avons égaré notre être et nous n'apprenons plus l'Histoire. Nous ne sommes plus dans l'Histoire. Notre corps est vide. Notre souffle est suspendu. Il faut repartir à la recherche de notre être... Cher, cher le lieu, cher le temps de l'origine, le lieu et le matin des sources... au Sud... au Nord... Mais pas ici, en cette place tournante, vile, corrompue.

« Mais où a-t-on envoyé la dignité de ces hommes et de ces femmes qui se taisent? Ils ont répudié la colère. Ils ajoutent de l'eau dans le lait et mélangent l'huile.

« Nous trahissons la confiance que l'Empire du Secret a mise en nous. Nous la négocions et nous perdons un peu plus chaque jour notre âme...

Boby interrompit le vieil homme, et dit à voix haute :
— Tu es mon maître, je te cherche depuis ma naissance...
Le sage le fit s'approcher d'un signe de la main :
— Ne crie pas. Le bruit est le masque du mensonge. Quand on veut tromper les gens on fait beaucoup de bruit. Ici, nous sommes entre nous, seuls, isolés. Autour de nous, ce ne sont que des ombres qui s'agitent. Mais tout se passe en nous à l'intérieur de notre cage thoracique.

« Donc tu veux être mon disciple! Ô mon ami, sache qu'un maître est celui qu'on tend à dépasser, non à servir ni à imiter. Je ne cultive pas la soumission, mais l'éveil. Je ne veux pas qu'on me suive. Je voudrais vous suivre jusqu'au bout de vos plus grandes audaces.

« Qu'est-ce qu'un livre qui ne se renie pas lui-même? Qu'est-ce qu'un maître qui ne se fait pas tout humilité?...

Impatient, Boby demanda la parole et l'attention des jeunes gens autour du sage :

— C'est parce que j'ai peur, maître! Je sens le besoin de parler, de dire, de raconter tout ce que je sais, car je suis moi-même à la recherche de quelqu'un qui pourrait être moi. Ce que je vais vous dire risque d'entraîner ma perte. Mais je m'en moque. Je suis né pour me perdre. Quand ce n'est dans une forêt, c'est au milieu de la foule que je me laisse tirer vers l'abîme.

« Moi aussi je suis porteur d'un secret. Ils ont eu tort de me l'avoir confié. Je suis incapable de vivre avec le poids de cette histoire que je traîne avec moi... Voilà, il faut que je vous dise... Approchez encore... Écoutez-moi bien, parce que après je ne serai plus. Au mieux je serai un autre, une épave, une ombre sans consistance...

Il raconta l'histoire de l'enfant trouvé dans le cimetière et divulgua le secret de la mission. L'assistance, étonnée et sceptique, ne disait rien.

A la fin de son récit, Boby était particulièrement fatigué. Tout en sueur, il bafouillait, tremblait. Son corps secoué était étendu par terre, au milieu du cercle. Il bavait. Des mots à peine compréhensibles parvenaient à l'oreille du vieux sage : « Legbeb... Zenit... Tiz... Smar... l'eau... la source... les yeux... chien... Agadir... Pa... Ma... mère. » Boby venait de se séparer de son dernier message.

Sindibad traînait sur la place. Il avait renoncé à chercher Boby. Lui-même ne se sentait pas très bien. Un léger vertige l'avait pris quand ses yeux rencontrèrent ceux de Abdel Hadi, un marchand de limonade, ancien complice des nuits du cimetière Legbeb. Rusé, malin, roublard, Abdel Hadi était un bagarreur. Chef de bande à Bab Ftouh, il semait la terreur dans le labyrinthe de la Qissaria. Après une histoire de vol de bijoux et de bataille rangée avec les éléments des Forces auxiliaires, il disparut. Fès fut soulagée. Certains prétendirent qu'il était mort, frappé par la foudre près de Fès Jedid. Sa bande se saborda et les gamins se reconvertirent en guides. Boby faisait partie de cette bande. Abdel Hadi s'était réfugié au cimetière chez Sindibad.

Tout cela parut très loin et même étranger à Sindibad qui commençait à avoir des trous de mémoire de plus en plus fréquents. Ces trous, en fait, ne restaient pas longtemps vides. D'autres souvenirs venaient s'y loger, rappelant Sindibad à lui-même, le ramenant ainsi à un passé jusque-là effacé et insoupçonné.

Il se souvenait du visage et du regard fiévreux de Abdel Hadi, mais il avait oublié son nom et les circonstances de leur rencontre. A la place se manifestaient des images floues d'une mosquée-université, un après-midi d'été où il était nu sous sa djellaba. Petit à petit ces images se précisaient et juste au moment où Sindibad tendit la main pour en saisir une et la fixer tout disparut, le laissant dans un malaise trouble.

Abdel Hadi lui proposa d'aller chez l'oncle Brahim, un cordonnier, pour fumer quelques pipes de kif.

— L'oncle Brahim est le seul à Marrakech qui sache préparer le kif. Tous les autres ne sont que des amateurs. Le kif c'est sa passion, sa vie, dit Abdel Hadi en tirant Sindibad par le bras.

Le visage de l'oncle Brahim apparut souriant et ridé. Ce visage était un miracle. Traversé d'une bonté pro-

fonde, essentielle, la bonté de la gratuité. Un corps menu dans une espèce de tablier en peau de chèvre avait trouvé dans cette boutique minuscule un espace illimité, avec une multitude d'horizons. Ses petits yeux se levèrent et fixèrent Sindibad. Il dit à Abdel Hadi :
— Bienvenue à celui qui vient et qui nous vient accompagné...
— Que Dieu te garde, oncle Brahim.
Les pipes de kif circulèrent pendant qu'un gamin allait chercher des verres de thé. Oncle Brahim ne tirait jamais plus d'une bouffée d'une pipe. En soufflant de biais dans le tuyau, il expulsa la cendre rouge et remplit ensuite une autre pipe qu'il offrit au visiteur.
Sindibad n'avait jamais fumé une herbe de cette qualité. Il demanda à oncle Brahim le secret de ce goût et de cette intensité :
— Oh! Comment te dire mon ami? Entre le kif et moi, il y a une longue histoire d'amour. Je ne sais plus de quoi il est fait, comme je ne sais pas ce qu'il fait de moi. En tout cas c'est une question de pureté et de légèreté. Je fume parce que, comme tu le vois, les murs sont un peu trop près de mon corps. Avec de la fumée je les repousse, je les renvoie à l'horizon et en chemin, si je peux, je plante des herbes et je cueille des fleurs. Cela fait plus de cinquante ans que je traverse jardins et prairies. Je marche à l'infini, et mes mains ont appris à palper, à toucher l'essentiel. Les feuilles du kif c'est comme la peau d'un jeune adolescent, je les caresse d'abord, je les étale. Je les hume. Je les garde sous mon oreiller. Quand je les découpe, j'ai mal et je ressens un grand plaisir. Fumer, non seulement cela me permet d'abattre les murs, mais cela me permet de laver ma tête et tout ce

qu'elle contient d'impur. Fume, mon ami, fume et laisse tes pensées inquiètes jouer avec le serpent qui s'ennuie... Tiens, fume cette pipe... elle vient de loin et peut-être t'emmènera aussi loin, de l'autre côté du temps...

Sindibad fuma plusieurs pipes en buvant le thé par petites gorgées. Son visage n'était plus tendu. Il se sentait déjà sur le chemin de la prairie. Pour la première fois, l'idée de rencontrer des images et des souvenirs venus du lointain ne l'inquiéta point. Il les laissait venir à lui, avec le sourire de celui qui venait d'abandonner en route un lourd fardeau.

Fès, la médina. Le soleil retenu par les remparts. La Qaraouiyine. Le bruit d'une fontaine d'eau. Les livres entassés sur une table basse. Un escalier sombre donnant sur un jardin non entretenu. Des voix de femmes dans un hammam. Une djellaba blanche tachée de sang au niveau du bas-ventre. Un vieillard lisant le Coran à l'entrée d'une mosquée. Des odeurs de viandes grillées. Un mendiant court dans une rue étroite. Des gosses se moquent de lui... Un nuage de fumée filtrée par des roseaux.

Sindibad était heureux. Des souvenirs passaient ainsi devant lui avec indifférence. Aucune image ne venait l'agresser et l'arracher à sa tranquillité. Il se leva, baisa la tête de l'oncle Brahim et partit à la recherche de Boby. Abdel Hadi était très occupé derrière ses caisses de limonade.

Boby était assis dans un coin, le regard absent. Il ne reconnut pas Sindibad qui essaya de le ramener à la Koutoubia. Boby était devenu muet. Aucun mot n'arrivait à sortir de sa bouche. Avec des gestes, il voulait dire à Sindibad qu'il ne le connaissait pas et qu'il devait le laisser.

Sindibad ressentit peut-être pour la première fois une impression de deuil : il venait de perdre quelqu'un. Le visage de Boby, convulsé, était celui d'une immense douleur. Cet homme souffrait et tous ses gestes étaient ceux de quelqu'un d'autre.

Le ciel de Marrakech était rouge. On dit que c'est la terre qui se reflète dans le ciel au moment du coucher du soleil. Il y avait dans ce rouge tout d'un coup un manque de tendresse, une absence de douceur. Était-il en feu? Boby avait l'œil tourné vers cet horizon dévoré par un feu bref et puissant. Il tendit la main à Sindibad et se laissa emmener, comme un enfant, à la maison.

Yamna n'avait pas quitté la chambre. L'enfant dormait et il fallait rester auprès de lui. Quand elle les vit entrer, elle comprit tout de suite que l'inévitable était arrivé. Pas un mot ne fut prononcé. Seuls les regards s'échangeaient à l'insu de Boby qui pleurait en se recroquevillant, à la recherche d'un ventre chaud.

12

Bouiya Omar

Qui n'a pas entendu parler de Bouiya Omar? Saint des saints. Marabout de l'extrême sagesse sans la moindre indulgence. On y vient à pied, le corps offert au soleil et à la soif. On y vient pour déposer sur la dalle la tête et les mains. Et on attend la blessure. On y apprend l'oubli, car ici le temps a été annulé, réduit au silence de la terre.

La bénédiction de Bouiya Omar est rare. Il faut se donner sans économie, la tête baissée, les mains tendues, le corps dépouillé, vidé, disponible. Car il sera meurtri. Les cris remonteront du fond du puits changés en chants et en prières. Ni transe ni possession. Simplement l'enfer, vécu dans toute sa fureur, jusqu'au bout, jusqu'à la mort, ou bien... jusqu'à la guérison.

Le sang versé sur la pierre du tombeau sèche parfois sur des visages qui se sont laissés mourir, la bouche entrouverte, blessée par l'absence longue, très longue.

De ces visages crispés par la mort lente, on ne dit rien. Seul le ruisseau qui les lave avant qu'ils soient jetés dans une fosse sait lire tant de détresse et de malheur.

Yamna n'était jamais allée à Bouiya Omar. Elle avait rendu visite à Bouiya Ahmed, saint de sérénité et d'humilité. Son tombeau est sur le chemin de Bouiya Omar. Ce fut elle qui prit la décision d'envoyer Boby chez ce marabout pour poursuivre et peut-être dénouer sa folie. Elle se concerta avec Sindibad :

— Boby est un être fragile. Il a toujours été guetté par la folie. Je te demande de l'accompagner jusqu'à Bouiya Omar, de le confier à quelqu'un là-bas et de revenir. Je resterai là à t'attendre. Je parlerai à l'enfant et je prierai pour l'âme blessée de ce pauvre Boby. Nous ne pourrons pas poursuivre notre marche avec un homme qui a divulgué le Secret. Nous restons menacés par quelque malheur.

— Mais Bouiya Omar c'est terrible! Pire que l'asile de Sidi Fredj. On devrait peut-être l'emmener chez un médecin...

— Non, Sindibad. C'est une histoire qui nous dépasse. Obéissons aux ordres du Secret. De toutes les façons, seul Bouiya Omar est capable de donner la délivrance. Ne perds pas de temps. Va à Jamaa el Fna, cherche s'il y a un car ou un taxi collectif en partance pour le marabout. Il faut que Boby renoue avec ses ancêtres, ceux qui détiennent la clé de la folie.

Le car qui va à Fès les déposa sur le bord de la route, à quatre-vingt-dix kilomètres de Marrakech. Une charrette transporta les visiteurs jusqu'au marabout après avoir traversé une piste.

Le long de la piste, des hommes et des femmes erraient à pas lents, le corps rigide, prenant des attitudes seigneuriales. Sales, habillés de guenilles, ils avaient tous les yeux vitreux, et leur regard ne se posait nulle part, suspendu au ciel ou à l'horizon. Ils allaient et venaient, balbutiant des mots, des phrases, des chiffres. Abandonnés, laissés à eux-mêmes, enchaînés à leur vision, renaissant à l'infini de leur propre délire.

Une femme parlait distinctement en caressant la tête d'un enfant imaginaire. Elle lui disait :

— Je suis venue te voir sous les décombres d'Agadir. J'ai mangé la terre rouge et grise où le destin t'a enseveli. Elle pue l'urine et la merde. Mais toi je t'ai retrouvé, je t'ai reconnu dans le parfum de cette plante bleue. A présent, nous pouvons aller nous promener et montrer nos très vieilles dents cariées aux hommes qui passent du mauvais côté...

Il était vêtu de blanc, assis à l'entrée du marabout, tenant à la main droite une horloge qui n'avait plus d'aiguille. Il repéra vite Sindibad et Boby. Un gosse se précipita vers eux et les amena jusqu'à l'homme en blanc. Il leur dit :

— Vous venez d'arriver? Il faut voir d'abord et avant toute chose le cheïkh, petit-fils du Saint.

Le cheïkh en question devait avoir vingt-cinq ans. Son allure était tout empruntée. Il régnait en maître sur cet enclos où il y avait au moins trois cents malades.

Il regarda Sindibad puis lui dit :

— Savez-vous l'heure qu'il est?

— Non! Il doit être midi ou une heure...

— Non. Ici le temps n'existe pas. Toutes les montres sont arrêtées, gelées par la volonté de notre Saint et Maître. Bon! Qu'avez-vous apporté pour le sacrifice, pour l'amour de Bouiya Omar?

— Un agneau, dit Sindibad, un agneau que je vais tout de suite acheter... j'en ai vu près de la piste.
— Que Dieu vous garde! dit le cheïkh, qui fit appeler un domestique, une brute au crâne rasé : Va leur apporter un agneau.

Il encaissa la somme et conseilla à Sindibad d'emmener Boby visiter le Saint.

— Revenez après pour le sang du sacrifice...

Ceux qui avaient les mains attachées avec des chaînes de fer marchaient les pieds nus sur les pierres brûlantes. Des rires, mêlés aux pleurs, étaient leur parole. Si on essayait de fixer un peu leur regard ou de chercher à savoir qu'étaient devenus leurs yeux, ils s'enfuyaient à toute allure, levant les bras joints en l'air, comme pour vous menacer.

Le mystère passait par le regard, confisqué, annulé, chez des êtres venus se confondre dans une lumière insoutenable. D'autres étaient un peu plus empêchés d'être : les chaînes autour des poignets faisaient le tour du corps et se bouclaient en bas, autour des chevilles. Ceux-là avaient répudié leur corps, et réclamaient la mort à voix haute. Justement on les avait enchaînés à cause de cela. Dans cet empire de lumière trafiquée, la mort ne se réclame point. Elle arrive quand Dieu, le destin et le Saint le décident!

Ainsi, tout autour du mausolée, des êtres, abandonnés de tous, oubliés par leurs familles, croupissaient dans des chambres noires, le corps nu, à même la terre.

Sindibad était effrayé par cette vision d'enfer. Il prit Boby à part, le secoua en essayant de le faire parler :

— Mais parle, dis quelque chose. Je n'ai pas envie de te laisser dans cet enfer...

Boby se mit à quatre pattes et poussa un long hurlement. Était-ce un loup? Était-ce un chien? Un homme vint et donna des chaînes à Sindibad :

— Enchaîne-le.

Boby était devenu une petite chose inoffensive. Tout s'était arrêté dans sa tête. Plus rien ne pouvait le ramener à la vie. Sindibad avait les larmes aux yeux. Il revint discuter avec le cheïkh vêtu de blanc :

— Mais c'est un pénitencier ici. Les hommes sont enchaînés et leur corps est offert aux rats. C'est terrible...

— Serais-tu un étranger à cette terre et à ce pays, un étranger sans foi? Quand l'esprit est atteint, il faut violenter le corps. Ici le Saint a une action bénéfique sur ceux qui se soumettent à sa volonté et à son âme. Il ne faut jamais empêcher la folie d'éclater. Si vous l'arrêtez en chemin, elle revient dans une fureur encore plus grande. Le corps prend le temps, l'audace et la liberté de se vider, de se dépouiller de ce qui fait mal à l'esprit. Une fois toute cette violence dépensée, il ne retrouve ni l'une ni l'autre, et c'est tant pis ou tant mieux. Cela dépend où on se situe... A présent, laisse-nous. On va s'occuper de ton ami. Laisse-lui un peu d'argent et... reviens le voir... ne l'oublie pas... sinon son âme te poursuivra jusqu'en enfer.

Sindibad se dit en s'éloignant : « L'enfer..., je me demande si ce n'est pas aujourd'hui le jour du Jugement dernier... Peut-être que c'était hier et que je suis condamné à l'enfer éternel... »

Il courut sur la piste pour attraper la charrette et ne se retourna pas pour voir une dernière fois Bouiya Omar.

De la suprême cruauté, Boby ne devait plus jamais sortir. Réduit à l'état de pierre, de chose et d'animal, il s'enfonçait de plus en plus au fond de cette matière qu'on ne pouvait même pas nommer. Ayant renoncé à la parole, il allait lentement vers l'abîme.

D'autres pensées attendaient les ténèbres pour être dites en lui :

— La vie, la mort. Je n'ai jamais été quelqu'un ou quelque chose. Alors ni l'une ni l'autre ne me concerne. Je suis égaré et je ne peux même pas être debout pour être foudroyé. Si au moins je pouvais m'ensevelir de terre tiède et donner quelques herbes à ce sol.

« Ah! « attacher aux choses les plus sacrées un bout de queue comique! » Rire. Mourir, étranglé par le rire, ou par un sanglot qui vous enivre...

« A quoi bon tout cela : du début jusqu'à la fin — celle que je vois — j'ai été privé de moi. J'ai été absence et j'ai cédé aujourd'hui au sommet de l'oubli, fidèle à la mort et sans haine pour l'humanité.

L'enfant vécut le départ de Boby comme une première blessure. Il aurait voulu parler, murmurer une pensée, tomber dans un flot de syllabes. Il avait soudain honte. Boby en divulguant le Secret voulait peut-être délivrer son corps.

— Oui! Disons qu'un homme vient de tomber dans

un puits, victime de mon intransigeance. J'ai honte, car je me sens tout d'un coup exister. Un homme est devenu fou à cause de mon énigme. Mais qu'est-ce que cette existence qui se donne et s'affirme à travers d'autres destins brisés? Boby sera le premier souvenir que je laisse dans une terre sèche, encombrée de pierres et de mensonges. Mais Boby était un homme pur, un homme faible, joué par l'illusion et la peur. Mutilé, il n'avait point connu de miséricorde. Cette histoire l'enivrait et maltraitait son corps. Et pourtant, nous avions besoin d'un être fragile, perméable à toutes les secousses, même les plus petites, nous avions besoin d'un regard affolé, de ce visage triste, traversé par la détresse... C'était notre miroir, le témoin déposé dans les plis de cette histoire par des mains inquiètes. Il nous regardait et était l'éternel étonné.

« A présent notre famille est infirme. Sindibad n'a pas encore été rejoint par sa mémoire. Il résiste. Il lutte. Il se maintient dans la ligne principale. Mais j'ose espérer que sa libération interviendra avant la fin du voyage. Sindibad aurait été un fou merveilleux. Ah, s'il avait pu rencontrer à Jamaa el Fna le seul être capable de le bouleverser, capable de casser le miroir. Je sais pourquoi cette rencontre n'a pas eu lieu. Yamna a tout fait pour garder auprès d'elle Sindibad. Je la soupçonne de croire au-delà de ce qui est permis, de ce qui est vrai dans cette histoire. Même image, Yamna a gardé cette manie d'espérer n'importe où et n'importe quand. Non, Sindibad ne tombera pas dans les bras de Yamna. Non, car ce sont là deux destins faits pour s'exclure, rapprochés en ce moment pour les besoins de la mission, sous le sceau du secret.

« Pauvre Boby! Il a marché pieds nus sur des braises sans savoir pourquoi. Il marche à présent sur des cailloux pointus qui lui déchirent la plante des pieds. Je le vois se cognant la tête contre le tombeau de Bouiya Omar. Je le vois chercher du regard un arbre assez haut, assez solide pour se pendre. Mais tous les arbres sont récupérés par les sorcières. Leurs branches sont pleines d'amulettes, de fichus, de paniers remplis de pierres et de pain rassis, de sacs fermés sur la charogne de quelque vipère.

« Je vois Boby chercher un puits et le *mokkadem,* gardien de l'ordre, l'empêcher de tuer tous ces poux qui envahissent sa tête. Il se déplace difficilement, mais son corps résiste encore.

« Je suis à présent visité par tant d'images défigurant le réel que, de nouveau, je repousse les miroirs. Je ne pourrai pas faire basculer les racines de ce pays emporté par un éclat de rire mauvais, râleur et hypocrite. Mais où est donc passée la grâce de la mort? Serais-je le seul atteint de lucidité suprême et de douleur incommunicable?

« Je suis pour le moment un visage heurté par une lumière insoutenable. Mon corps s'élève comme une lueur, mais personne ne l'aperçoit. Je reste l'être deviné. J'écoute dans cette chambre l'écart des silhouettes qui s'agitent, sur cette place où des fleurs sèches, des fleurs immobiles, naissent dans les yeux des morts.

« C'est le vol d'un oiseau, qui n'aime plus les arbres et qui m'a suivi depuis Bab Ftouh, qui me rappelle soudain au silence. Je m'éloigne des mots de peur que mes lèvres ne saignent. Je garde l'épreuve de la blessure des mots pour la fin. La fin de quoi? Vous ne le saurez pas!

Sindibad arriva à Marrakech à la tombée de la nuit. Le ciel était peint en rouge et violet. Il traversa la place Jamaa el Fna en courant. Il s'arrêta devant une boutique de babouches et demanda l'adresse de l'oncle Brahim. Un gamin l'accompagna. L'oncle Brahim était seul. Il s'apprêtait à rentrer chez lui. Quand il vit Sindibad il se leva :

— Mais, qu'est-ce qui t'arrive? Tu es pâle. Es-tu malade?

— Non, je ne suis pas malade. Je suis fatigué et j'ai besoin de te parler.

L'oncle Brahim lui prépara une pipe de kif et un verre de thé et lui dit :

— Je t'écoute... Si c'est une histoire de bonnes femmes, sois bref, les femmes sont de la même famille que Satan...

— Non. Je viens de perdre un ami...

— Allah!

— Non, il n'est pas mort, mais presque. Il est à Bouiya Omar...

— Malheureux! Mais c'est terrible. Tu aurais dû m'en parler, je connais ici de très nombreux cheïkhs qui ont des dons extraordinaires. Ils guérissent toutes les formes de folie et de sorcellerie. Mais Bouiya Omar est une prison pour naïfs...

— Il le fallait. Aide-moi parce que je sais que si ça continue comme ça je vais un jour ou l'autre me retrouver enchaîné à une grosse pierre. J'ai des visions. J'ai des vapeurs. Je suis comme visité par des images, des sensations, des souvenirs dont j'ignore l'origine et le sens. Tout à l'heure j'ai senti une main chaude se poser sur ma nuque. Je me suis retourné très vite, il n'y avait personne. Le pire c'est que le toucher de cette main m'est familier.

— Une main d'homme ou de femme?

— Je crois que c'est une main d'homme. Elle était chaude et douce, amicale. Dans le car qui me ramenait de Bouiya Omar, j'ai vu un enfant d'une dizaine d'années. Cet enfant, c'était moi. Je l'ai regardé et il m'a souri comme pour me dire « je suis ton souvenir ». Il était complice mais aussi ironique car il devait se dire qu'il ne deviendrait pas comme moi, une espèce de vagabond sans terre, sans racines, sans passé...

« En arrivant à Marrakech l'enfant avait disparu. J'aurais voulu lui parler ou tout simplement le regarder et le rassurer, lui dire ce qu'il faut absolument éviter pour ne pas arriver à l'état où je suis... Et puis, j'ai des souvenirs de parfum. Cela varie entre le jasmin et l'eau de rose. Je ne sais plus. Quelque chose d'indéfinissable.

L'oncle Brahim remplit une autre pipe et la tendit à Sindibad.

— Tu me rappelles ce que me disait un vieil ami :

> Si tu t'enivres de sobriété,
> Quelle ivresse quand tu auras bu!

« Je me demande quelles visions tu auras après avoir bien fumé. Heureusement, tu es quelqu'un que je devine. Tu as volé à cet enfant, rencontré dans le car, son regard. Et tu te sens coupable.

— Mais c'était le souvenir d'un enfant qui n'a fait que passer dans ma vie. Moi aussi je te réponds par des paroles fatales :

> Mon bonjour est un adieu
> Ma venue un départ
> Je meurs jeune.

« Heureux cet enfant qui erre aujourd'hui sur des terres inconnues!

Sindibad mit sa tête sur l'épaule de l'oncle Brahim. Il parlait à lui-même, comme s'il n'y avait personne autour de lui :

— Cette mémoire effilochée me lasse. Je suis fatigué de courir derrière des morceaux de souvenirs. Le bonheur est parfois dans l'apparence. Je vais, je marche les yeux bandés, d'un point à un autre. Je suis traversé de lumière et d'absence. Les paroles et les paysages me traversent. Je mets en avant mes péchés pour que le temps les lave, pour que les sables les absorbent et me délivrent. Je sais à présent que je m'approche du plus lointain souvenir. Plus je m'éloigne de Fès plus je me rapproche de l'être que je fus, celui emporté par une bourrasque. Je commence à voir clair... Il faut aller de l'avant pour retrouver le passé... Je marche et mes pas s'effacent derrière moi. Tout cela me donne une soif terrible... Je suis déjà dans le désert. Des livres et des songes s'entassent dans ma tête et j'ai désappris la peur. Je pense à Boby et je comprends mieux le mystère de notre destin. Il faut briser la douleur par le rire... Ce soir, j'irai dormir avec les chiens dans le cimetière de la ville. J'ai besoin du silence des morts. J'ai besoin de poser ma tête lasse sur des pierres humides...

L'oncle Brahim l'avertit :
— Je te laisse partir, ami! Méfie-toi des voleurs et des esclaves abandonnés...
— Quels esclaves?
— Ceux et celles qui traînent dans la ville après la mort de leur maître, le pacha Glaoui... Tu sais, il avait des milliers d'esclaves.
— Sois tranquille... Quelque chose me dit que la ville m'appartient...

Le cimetière était gardé par un chat qui ne se manifesta point en voyant Sindibad entrer. Il y régnait une paix profonde. Retiré de la ville, oubliant l'épreuve du jour, Sindibad se sentait léger. Ses pensées étaient claires. Sa tête se vidait peu à peu de tant de choses obscures. Ne restaient que des images essentielles, celles d'une mosquée-université et d'un visage brun et étonné. Sindibad scrutait cette image. Une voix, en lui, récitait Abû Nawâss :

> Toi qui mets le feu à la terre
> et tiens éveillés les dormeurs,
> Quand ton ombre, la nuit dernière,
> m'a visité pour mon bonheur,
> Je lui ai dit : « Sois la bienvenue!
> Je m'offre en sacrifice à toi.
> Mais j'aimerais mieux ta venue
> au réveil, quand je ne dors pas. »
> Ô, sentir ta joue ingénue!
> Est-ce un péché — ou peut-être pas?

Il tendit la main comme pour saisir une ombre. Le chat s'approcha et dormit à ses pieds.
Il se réveilla à la première lueur de l'aube et partit

sur la pointe des pieds. Heureux de ce retour à la pierre, il se dit :

> Nul ne me vit embrasser la nuit des morts
> Nul ne me verra quitter l'herbe mouillée.

De l'autre côté de la nuit, Yamna parlait à l'enfant :

Nous approchons des sables. Ta grand-mère, Lalla Malika disait : « La liberté, c'est d'abord la dignité. Pour atteindre cette forme essentielle de liberté, il faut nous affranchir de cette morale de l'intérêt et de l'égoïsme. Or, je vois que tout le monde se laisse gouverner par ses appétits. Il y a trop de calcul, trop de bassesse. Les gens ont banalisé l'humiliation. Il faut retrouver l'orgueil et renoncer à la vanité. »
Voici pourquoi l'histoire de cheïkh Ma-al-Aynayn est fondamentale. Menacé, Ma-al-Aynayn prêche, dès 1905, la Guerre sainte. Ce n'était pas une guerre de religion. Non, mais contre les envahisseurs du Sahara, qui étaient chrétiens, il fallait soulever tout le peuple. Le cheïkh était un imam armé. Il réunit à Smara les principaux chefs des tribus sahariennes pour préparer l'offensive. Il fit un discours bref et précis :
« Notre pays est menacé. Les armées françaises et espagnoles se préparent à occuper le Sahara. Si l'envahisseur réussit à occuper le sud du Maroc, s'il arrive à couper le pays en deux, ce sera une catastrophe pour l'avenir de nos enfants et petits-enfants. L'Occident a besoin de se répandre et d'agrandir son empire. Il a les armes et les moyens.

Nous, nous avons peu d'armes et peu de moyens, mais nous avons quelque chose de précieux en plus : la foi et la volonté des hommes. Résister ou mourir. Nous résistons. Les envahisseurs connaissent notre détermination. Ils se préparent. Nous aussi. Je dois vous dire enfin que Moulay Idriss nous appuie, militairement et politiquement. Nous saluons ici son cousin, venu témoigner du soutien du sultan. »

La résistance s'organisa. Les Sahariens luttèrent contre les Français partout où ils pouvaient, à Casablanca, à Marrakech... Tout le Maroc devait se sentir concerné par la menace de l'occupation. Au Sahara c'était la guerre quotidienne. Ould Aïda reconquit Akjoujt le 10 septembre 1908. Le capitaine Mangin subit plusieurs défaites. En quelques mois les troupes de Ma -al-Aynayn libérèrent presque toutes les localités occupées par l'armée française. Smara devint la capitale de la résistance et le symbole de la libération.

Hélas! Les Français étaient déjà à la Chaouia. Abdel Aziz perdit son trône et fut remplacé par Moulay Hafid... La dignité du pays était entamée...

13

Argane

La place n'était pas circulaire. Les petites boutiques alignées de part et d'autre de la scène formaient un triangle. La gare routière était en retrait. Vide. Nue. La place dormait. Jamaa el Fna était ainsi rendue au néant qui précède l'aube. La terre, asphaltée, était blanche et non grise. Le premier soleil du jour ne touchait pas encore le sol quand Yamna sortit toute seule faire quelques pas. Elle marchait, sereine, émue par le silence et la lumière du matin. Il n'y avait personne à Jamaa el Fna. Elle s'assit au milieu de la place et attendit. Elle se dit : « Un vieil homme doit venir. Je sens qu'il n'est pas loin. »

Tout lui paraissait petit, dans l'immense étendue du silence et de l'attente.

Ce ne fut pas un vieillard qui vint, mais une belle jeune fille, mince, avec des yeux immenses :

— Puis-je m'asseoir à côté de toi? dit-elle.
— Qui t'envoie? demanda Yamna?
— Personne. Peut-être la terre rouge, la terre qui a soif.
— Assieds-toi et raconte-moi ton histoire...

La jeune fille s'assit à côté de Yamna qui la dévisageait. Un visage limpide, traversé d'une lumière changeante, une lumière tantôt apaisante, tantôt cruelle. Elle était nue sous une robe de flanelle.

— Je ne suis pas venue raconter mon histoire. Il n'y a rien à raconter. Je t'ai apporté quelque chose...
— De bonnes nouvelles?
— Les bonnes ou mauvaises nouvelles ne sont pas de mon ressort. Je ne suis qu'une messagère. Je suis le chemin du vent et de certaines rivières.
— Mais qui es-tu?
— Qu'importe mon nom. Tu peux me nommer selon le rythme des saisons. Je vis entourée de vitres et de miroirs et je perds tout le temps mon image. Mais j'aurais voulu être plus légère, me déplacer plus vite. Il me manque quelque chose. C'est ce corps qui m'encombre. Je le traîne derrière moi et il s'acharne à respirer, à suer et à s'agiter.
— D'où viens-tu?
— Je ne voudrais pas te faire rire... mais, crois-moi, je viens de nulle part. Je suis prête à épouser, à aimer toute terre que tu me désignes. Je suis née ailleurs, très loin du soleil, je suis née sur une terre glaciale et mes parents ont oublié de me nommer. Ce fut un bonheur subtil de ne pas avoir de nom. Ce fut une douleur permanente d'être sans pays, sans racines.

Elle s'arrêta un instant puis montra à Yamna la plante de ses pieds :
— Regarde. Tu vois, j'ai la plante des pieds fêlée. Si je sens la terre c'est parce que je me lave avec de la terre, je m'enroule dans la terre de ce pays. Car on m'a dit que c'était ici la patrie de mes ancêtres. Mes souvenirs n'ont pas de maison. Ils cherchent

un mur pour se reposer, et un puits pour se décharger.
— Mais où vis-tu?
— Je me cache dans un palmier. Je refuse de parler aux hommes. Je les observe. Ils lèvent de moins en moins la tête. J'aime cette terre. Je l'ai choisie pour ne pas mourir, mais les citoyens de ce pays ont désappris l'orgueil et la dignité. Je n'ai cessé d'errer...
— Oui, mais avant, que faisais-tu?
— Tu insistes pour que je te raconte mon histoire... Alors écoute-moi, c'est une histoire banale, qui arrive tous les jours à beaucoup de filles... Quand j'eus dix ans mon père m'envoya chez ma tante à Tanger. Nous étions trop nombreux à la maison. Il me dit : « Tu vas aller au Maroc. Ici, les filles n'ont pas de moralité. Tu vas aller chez ta tante. Tu apprendras l'arabe et tu l'aideras à la maison. » J'étais contente de quitter la France et aussi d'échapper à mon père qui nous battait très souvent. Ma tante habitait dans un quartier très pauvre, à Beni Makada. Elle logeait dans une toute petite maison, sans eau. Je passais mon temps à faire la queue devant la fontaine publique. Les filles m'appelaient « l'étrangère ». Après la corvée de l'eau, j'allais travailler dans une usine de Nylon. On l'appelle l'usine des Syriens. Je rapportais dix dirhams par jour à ma tante. Elle n'était pas très gentille avec moi. Ses enfants allaient à l'école, et moi j'étais bonniche à la maison et ouvrière à l'usine. On mangeait tout le temps des pommes de terre et de temps en temps des sardines. J'ai vécu ainsi durant une année. Mon père m'avait oubliée. Ma pauvre mère aussi. Nous étions neuf dans la famille. Une de plus ou de moins, quelle importance! Un jour je pris ma paie et partis. Je suis montée dans un

car, puis dans un camion, puis sur une charrette. J'ai mis dix jours pour atteindre Marrakech. Depuis je vis à la palmeraie. De temps en temps, je vais travailler chez des Français. Quelque chose me poussait vers le Sud. Je ne sais pas très bien. Comme ce matin, un vent m'a poussé jusqu'à toi. Je ne te connais pas, mais j'avance vers toi comme j'avançais avant vers le Sud. Je ne te demande rien. Ne sois ni ma mère ni ma grand-mère. Mes parents sont nés un mauvais jour et mourront suspendus au spectre de quelque divinité. Ils croient en Dieu et cloîtrent leur progéniture quand ils ne l'oublient pas sur le chemin des égouts. J'ai été longtemps un corps battu et une parole à peine murmurée. A présent que je t'ai tout dit, prends-moi avec toi, je sais que tu te diriges vers le Sud.

La place commençait à se réveiller. Quelques bruits de carrosse. Des voyageurs attendaient le car. Un fqih vint s'installer tout près des deux femmes. Il déposa devant lui son matériel de travail : des livres jaunis, un bol d'encre marron, des plumes de roseau, des sachets remplis d'herbes séchées. Il se tourna vers la jeune fille, la regarda longuement et lui prit la main :

— Par ce soleil clément qui passe sur ton visage... Par ce vent doux qui traverse ta chevelure... Par le jour qui annonce le Bien... Par la figue et l'olive... Je voudrais te jurer un destin lumineux, un avenir éblouissant de bonheur et de joie... Je te connais, fille du lointain, enfant venue d'une terre inhospitalière, je te devine et je récite les prières inscrites sur ton front... je lis un passé tumultueux entamé au début du siècle... ton père n'est-il pas le fils illégitime d'un grand pacha et d'une esclave?... Tu es sur ses terres... le pacha avait un harem. Il se considérait comme un grand seigneur. C'était un traître, un homme qui a servi et qui s'est servi de la France. Il occupa des terres par la force et leva des impôts un peu partout dans le Haouz. Il déposséda tous les paysans de Mesfioua. Non seulement il avait accaparé les terres mais aussi volé l'eau des autres. Il avait le monopole absolu de la distribution des eaux dans le bassin du Zat. Il louait l'eau à ceux à qui il l'avait volée! Son nom? El Glaoui! Certains l'appellent encore Si Thami! Le jour de sa mort les putains désertèrent les bordels et brûlèrent leurs paillasses. Le proxénète-en-chef venait de craquer!

« Dire que cet homme est mort pardonné! Mais Dieu ne lui pardonnera jamais...

« Excuse-moi, ma fille, je me suis laissé emporter. Je n'aurais pas dû. Comprends-moi, la terreur d'El Glaoui, je l'ai subie... je suis une de ses victimes... j'avais un morceau de terre à Mesfioua. Ses sbires sont venus la nuit. Ils brûlèrent ma maison et me jetèrent en prison. Ma femme et mes enfants étaient devenus ses esclaves.

Le vieil homme avait perdu son sang-froid. Il parlait à voix haute en gesticulant. Après un moment de silence, il reprit la parole en s'excusant :
— A présent, je suis calmé. J'ai quatre-vingts ans. El Glaoui m'a volé quarante ans de ma vie. Cette charogne a régné quarante-sept années consécutives, plus exactement de 1909 à 1957. Il était protégé français et régnait en maître absolu sur tout Marrakech et la région. Il y avait une autre charogne qui partageait ses privilèges,

Layyadi. Celui-là a été un salaud de moyenne envergure : pour montrer sa fidélité à la France, qui était en train d'occuper tranquillement le Maroc, Layyadi mit ses bandes armées au service des troupes françaises qui combattaient les hommes bleus du Sud, engagés dans le Jihad. Ces hommes poursuivaient la lutte et la résistance commencée par notre grand chef et seigneur, cheïkh Ma -al-Aynayn. Après sa mort, son fils, Al Hiba, essaya de repousser les Français, mais El Glaoui comme Layyadi, et même Driss Ould Mennou, un chef de tribu, rival légendaire du pacha El Glaoui, se sont ligués aux côtés de la France pour massacrer les Sahariens. Ce fut notre première grande défaite. Mille neuf cent douze... Défaite des hommes bleus... défaite du Maroc devenu protectorat des Chrétiens...

« Ma fille, le soleil s'est levé. Ma colère est passée. Je vais t'écrire une amulette, une pensée, une promesse... peut-être un bonheur... Tu es arrivée, une grâce sur le chemin de la mélancolie, pour veiller sur les derniers jours d'un vieil homme, un vieil esclave qui se nourrit aujourd'hui de mots amers. Que le soleil te garde. Va... tu ne manqueras jamais d'eau... tes veines — tes racines, devrais-je dire — en seront toujours irriguées!

Il ramassa ses affaires et disparut derrière la rangée de boutiques encore fermées. Au moment où Yamna allait se lever, la jeune fille la retint et lui dit :
— Non. Ne t'en va pas tout de suite. Je t'ai dit tout à l'heure que je t'ai apporté quelque chose. Il faut que je te le donne.
— Très bien.

La jeune fille sortit de sa poche une vieille bague en argent, prit la main droite de Yamna, examina les doigts un à un et la glissa dans le médium :

— C'est une bague qui a été portée par une personne sainte. Elle aurait appartenu à la fille aînée de cheïkh Ma -al-Aynayn...

— Que le soleil te garde...

— Cheïkh Ma -al-Aynayn a eu trente filles et vingt et un fils... et cent seize épouses...

— D'où tiens-tu ces informations?

— J'ai connu à la palmeraie une vieille esclave née à Smara, l'année même de la mort du cheïkh. Elle m'avait aidé à vivre et moi je l'ai aidée à mourir. C'est elle qui m'a donné cette bague. Elle est morte avant-hier. Je l'ai enterrée moi-même, je me suis enroulée dans la terre qui la couvre à présent... je suis pleine du parfum de cette terre qui s'est fermée sur tant de secrets... Alors je t'ai transmis le message...

— Et que veux-tu à présent?

— Que tu me gardes auprès de toi. Ne me renvoie pas à la palmeraie. Parle-moi de l'arbre, l'arganier par exemple.

— De tous les arbres qui poussent au Maroc, l'arganier est le plus original. On ne le trouve nulle part ailleurs qu'en cette région. C'est vrai, de cet arbre tu as le teint, la fermeté et la simplicité. Son huile est délicieuse. Arbre unique au monde, il est le symbole d'une belle et généreuse résistance. Mais tu n'en as pas la taille. L'arganier est petit, trapu, et toi tu es mince, élancée, haute...

— Je me ferai petite et j'étendrai mes bras pour abriter les faucons des îles en face d'Essaouira. On dit que le faucon Eleonor est d'une race en voie de disparition.

Yamna se leva :

— Au fait, tu n'as toujours pas de nom. Alors, dorénavant, tu t'appelleras « Argane ».

— Répète... répète... je voudrais l'entendre et le réentendre.

— Argane... Argane... Argane...

Elle courait autour de la place, se cachait derrière les boutiques et tendait l'oreille pour entendre son nom.

— Être nommée, c'est naître... je m'appelle Argane!

— Tu vas venir avec nous, mais si tu t'introduis dans l'Empire du Secret, tu observeras la règle du silence.

Devant la Koutoubia, Argane arrêta un passant et lui dit :

— Tu sais comment je m'appelle? Je m'appelle Argane. Depuis l'aube, j'ai accédé au nom...

Sindibad était à côté de l'enfant qui dormait profondément. Yamna le prit à part et le mit au courant de l'arrivée d'Argane. Elle lui montra la bague et le rassura sur le déroulement de la mission.

— Quel beau nom! C'est une chance d'être fruit de l'arbre, dit Sindibad.

Au moment de quitter Marrakech, Yamna et Sindibad se regardèrent sans rien dire. Le souvenir de Boby était là. Meurtri. Sacrifié.

Depuis qu'il s'approchait du Sud, l'enfant réalisait l'oubli de Fès. L'oubli de la ville et de l'être qu'il fut. La substance prenait place en lui par bribes et selon les étapes. L'arrivée de cette belle jeune fille était pour lui un événement considérable. Pour la première fois il éprouvait l'inutilité du miroir. Le visage d'Argane avait une telle pureté qu'il approchait le miracle et la grâce. Il pensait à ce corps frêle à qui il donnerait la main; il considérait cet être comme une fragilité à qui il procurerait une tendresse solide et un amour éternel. Pour le moment il était étonné, émerveillé et il savourait ces instants de bonheur.

Les mains belles et lourdes de Lalla Malika continuaient à le protéger et à le guider sur la route des origines. Il sentait leur présence, mains ouvertes, étalées, jointes au-dessus de sa tête. Il savait qu'il était à l'abri du malheur. Ce matin, il lui manquait la voix de la grand-mère. Il tendit l'oreille et attendit. Après un long silence, il crut entendre ces mots à peine murmurés :

> L'étreinte
> La splendeur
> D'un visage à l'endroit des mots
> Vers les sables
> Les mains
> Les pieds
> Émigrent...

14

Le village de l'oubli

Elle se fit légère et discrète. Muette, elle observait cette petite famille artificielle et peu commune. Argane souriait au lieu de parler. Le visage de Yamna l'intriguait, un visage sans âge avec un regard profond qui s'attardait sur des objets insignifiants, scrutant un mur, un horizon, un bout de ciel. Un visage sans rides, habité par une grande sérénité, une paix intérieure que rien ne pouvait troubler ou inquiéter. Ce n'était pas de la bonté et surtout pas de la méchanceté. C'était un miroir où toute réflexion, où toute image dépendait de la lumière. Argane dévisageait ce miroir à l'insu de Yamna. Sa pensée l'effrayait, car une certitude se révéla soudain : « Ce visage n'est pas humain. Il n'est même pas inhumain. » Elle se répétait ces mots pensant à la vieille esclave qu'elle venait d'enterrer; elle au moins avait des rides. Les traces du temps et de la souffrance se lisaient sur la peau d'un corps menu. Yamna, échapperait-elle au temps et à la douleur? « Pourtant elle est bonne, se disait secrètement Argane; elle est très proche de moi, mais elle ne fait pas d'erreur. Elle n'hésite pas. Elle sait où elle va et ne craint rien. Peut-être que c'est mieux ainsi! Mais d'où vient-elle?» Argane arrêta volontairement ces interrogations se rappelant qu'elle était dans l'Empire du Secret et qu'elle n'avait pas le droit de poser des questions.

Le visage de Sindibad la rassurait. Elle y décela les traces d'une grande souffrance, une blessure non cicatrisée. Tant de tourments, tant de détresse — vite aperçus, vite repérés — la rendaient proche de cet homme qu'elle venait à peine de rencontrer. Elle avait la passion des visages. Plus qu'un jeu, c'était une lecture assidue, interminable, secrète.

Cette fille du lointain, perchée sur un arbre, faisait souvent des incursions au milieu de la foule. Observer des visages inconnus, anonymes, surprendre des gestes, voler des regards dans un lieu surpeuplé, élire l'extrême singularité d'individus pressés : c'était le passe-temps privilégié — travail, dirait-elle — d'Argane. Elle regardait les gens marcher, courir, traîner, déambuler, et essayait de deviner leur tempérament, leur caractère. La manière de marcher ne trahit-elle pas des pensées secrètes, souvent inavouables?

Elle sentait, en ce matin d'exception, que son succès n'était pas complet ni satisfaisant . le personnage de Yamna résistait à toute analyse; son corps ne trahissait aucun secret, son visage était illisible. Pour se rassurer, elle accusait son impatience mais ne désespérait pas de percer quelque mystère. Pour le moment, elle regardait Sindibad marcher devant elle devinant les tourments et l'angoisse qui minaient ce corps projeté par les événements dans une histoire qui le dépassait. « Ira-t-il jusqu'au bout? » se demandait-elle, puis après un temps de réflexion, elle ajoutait : « Mais quel bout? »

Après avoir franchi la muraille de Marrakech, Yamna s'arrêta :

— Nous ferons une halte à Douar Nif. Nous emprunterons un carrosse ou une charrette.

Douar Nif? Personne n'en avait entendu parler auparavant.

— Pourquoi Douar Nif? Où se trouve-t-il et qu'est-ce qui s'y passe d'extraordinaire? demanda Sindibad.

— C'est un douar clandestin. Il est né spontanément, sans eau courante, mais possède depuis peu l'électricité. Il s'appelle Nif à cause des hommes au nez coupé. Vous verrez, c'est un village où tout est surprenant.

Le propriétaire du carrosse les déposa à deux cents mètres de l'entrée du village :

— C'est votre affaire si vous voulez pénétrer au douar. Moi, je n'ose pas trop m'approcher. Ses habitants sont des gens bizarres. Les Ahl Nif sont connus pour avoir leurs propres lois et leur sorcellerie. Je vous laisse là et prierai pour vous ce soir. Adieu!

Si Sindibad était inquiet, Argane s'amusait déjà et se préparait à recevoir des émotions fortes. L'aventure ne faisait que commencer pour elle. Le groupe avançait d'un pas lent quand un gamin vint baiser la main de Yamna.

Les maisons s'entassaient les unes sur les autres au milieu des tentes noires et des vieux camions aménagés en lieux d'habitation. Tout était en désordre. Les tombes étaient disséminées à travers le village. Ce n'était pas la Ville des Morts, mais le village de l'oubli. La rumeur disait que ne vivaient à Douar Nif que les hommes et les femmes qui avaient quelque chose à cacher, un visage à dissimuler, un morceau de vie à oublier, une mémoire à effacer, une partie d'eux-mêmes à enterrer parce qu'ils en avaient honte.

Tenue secrète, l'existence de ce douar était en fait une énigme et un mystère pour les gens de la ville. Même la police n'osait pas s'y aventurer.

Juste à l'entrée, une femme, nue sous une épaisse couverture de laine, était assise sur une tombe et parlait aux morts. Elle les nommait un à un, leur promettant le paradis ou l'enfer. Dès qu'elle vit Yamna, elle se leva et lui souhaita la bienvenue :

— Que le ciel, le vent et le sable te protègent. Quelque chose me dit que tu apportes à ce village la paix et la santé. Soyez tous les bienvenus. Ne posez de question à personne, surtout pas aux hommes qui n'ont plus de nez. Comme vous savez, le nez c'est l'honneur...

Un homme, le nez coupé, était assis sur une pierre et comptait des pièces de monnaie. L'intonation de sa voix fit rire Argane.

— Lui a une idée fixe : amasser assez d'argent pour partir d'ici et acheter un dauphin. Il voudrait aller vivre en mer. Il n'a jamais vu la mer, et encore moins un dauphin, mais il en a beaucoup entendu parler; alors il invente, il imagine. Pour le moment il est au service des catastrophes susceptibles de menacer le désordre du village.

— Quel genre de catastrophes? demanda Sindibad.

— Les tremblements de terre par exemple. Tous les matins, il vient coller son oreille sur les tombes. Il paraît que les morts restent très sensibles aux mouvements de la terre.

Ainsi cet homme qui rêvait de dauphin, de maison et

d'enfants, venait sonder les morts, prendre des nouvelles du ventre de la terre. Sa maison était dans sa tête. Il aimait ses grandes fenêtres et le jardin qui l'entourait. Quant aux voisins, il les détestait. D'ailleurs il était en procès avec eux.

Il était arrivé au village pour oublier sa fille unique qui avait suivi l'infirmier Hmida, connu à Marrakech pour être une brute perverse et indicateur de la police. « Ne touche pas à ma fêlure », avait dit la fille à l'homme qui la violentait. Une blessure entre les jambes. La fille avait mal. Elle hurlait. L'homme était furieux d'avoir du sang sur les doigts et sur sa verge. Après l'avoir battue, il l'abandonna près d'un bar. La fille pleurait quand elle eut l'idée de se fabriquer un masque pour mentir et oublier. Mais elle n'eut pas le temps de le faire. Son père la découvrit et depuis il vit à Douar Nif. La fille s'y trouverait aussi pour le même oubli.

Il y avait aussi dans ce désordre, serein et imperturbable, l'adolescent Qamar. Il se promenait sur son vélo. Il était considéré comme l'ange intouchable, un être d'une autre époque, un témoin vivant de tout un siècle. Le temps passait et lui restait fidèle à la date du 23 octobre 1910, jour du grand deuil, jour où cheïkh Ma -al-Aynayn mourut, jour où tout fut arrêté définitivement pour lui. Il passait son temps à enfiler les perles et le corail achetés aux marins qui revenaient du Koweït, au temps où il n'y avait pas encore de pétrole, au temps où les gens vivaient de la pêche aux perles. Qamar traversait ainsi le siècle, sans bouger, accumulant des événements, des histoires et des pierres. Il était cependant superstitieux et ne sortait jamais le mardi, jour damné dans la semaine, jour du Diable et de la sorcière. Il avait dessiné des mains ouvertes sur le parvis de sa cage et ne savait pas qu'il était intouchable et peut-être même immortel. Sur son cahier il avait écrit en lettres hébraïques cette phrase : « Le face à face avec la mort est une plaisanterie qui tourne court. » Personne ne venait le déranger. Quand il avait besoin de manger, il allait au marché et se servait. Il avait mis de l'ordre dans sa tête, un ordre impeccable. Pas de place pour l'erreur, mais tout était prêt pour le chaos. Il eut tout le temps pour mettre au point cette machine qu'il commandait de l'intérieur. Il la faisait garder par des soldats de plomb recrutés dans différents marchés aux puces du pays. Ils se battaient souvent entre eux, ce qui lui donnait de fortes migraines. Ainsi avait-il vidé sa mémoire comme on vide une vieille valise, une malle de brigand, et répandu ses souvenirs dans les sables qui prirent alors des couleurs. Ils étaient devenus rouges, mauves, bleus, verts. Les enfants étaient heureux de voir le sable s'imbiber de souvenirs précieux (deux dates essentielles : vie et mort de deux hommes à la dignité suprême, celle des résistants. Cheïkh Ma -al-Aynayn, rebelle du Sud. L'émir Abdelkrim al Khattabi, rebelle du Nord), de voir les couleurs changer avec le ciel, de voir enfin des rêves déménager d'une prairie à une plage. Qamar s'émerveillait devant la métamorphose des sables. En réalité il était content d'avoir fait le propre dans son esprit, jouissant d'un détachement total : au-dessus des choses; loin des hommes. Cela lui donnait le vertige. Quelle ivresse d'être maître du temps et de ce qui le traversait! Il se mit à placer dans sa tête les choses avec la précision d'un horloger, installant des étagères légères et flexibles, des tiroirs. Pour finir, il déposa un voile sur son visage, croisa les jambes et s'endormit.

Le seul homme raisonnable du village était muet. La femme prétendait qu'il faisait semblant et qu'il trompait ainsi tout le monde.

— Il doit avoir une chose terrible à oublier. Ça doit peser des tonnes. Alors, pour avoir la paix, il a éliminé de sa vie toute parole. Le pire c'est qu'il gagnait sa vie grâce à sa voix. Il était muezzin! A présent il est potier. Il fait de belles choses avec ses mains.

Alors qu'Argane ouvrait de grands yeux, observait et remarquait les mouvements et faits du village, Sindibad avait le regard absent et le visage sombre. Il ne disait rien. Assis sur une pierre, il fixait le sol, comme s'il cherchait à y creuser un trou, une fosse ou une tombe. L'oubli est parfois au prix de la terre tiède qui lentement recouvre le corps, bouche les pores de la peau et donne le silence suprême.

Il pensait à la mort avec, parfois, le sourire de l'enfant. Ce village de l'oubli était en fait le village des idiots. La mémoire répugne au compromis : y aurait-il dans ces lieux misérables, une herbe ou une potion magique qui effacerait la moindre trace des souvenirs insoutenables? La honte n'existerait-elle plus? Serait-elle monnayée par cet exil truqué? Quelle tristesse d'assister au spectacle joué par des hommes et des femmes, retirés de leur être, mendiant aux pierres un supplément de vie, avec l'espoir en plus de se voir dotés d'un passé revu et corrigé! Pourquoi n'enseignait-on plus les voies de la lucidité, de l'orgueil et du désespoir? Dans chacune de ces personnes gisent un menteur et un voleur de temps.

Pourquoi s'acharner à durer avec une mémoire tronquée, une respiration artificielle et l'ambition d'un avenir refusé à la honte?

Sindibad était plongé dans ces réflexions, retenait une grande violence qui montait en lui. Allait-il se mettre en colère, hurler, frapper? Non. Il ne fallait pas attirer l'attention de ces pauvres imbéciles sur Yamna et l'enfant. Ils ne comprendraient rien à cette longue traversée du territoire. A quoi bon réveiller chez eux le sens? Ils n'avaient rien compris à la vie. La mort? ... Ils en étaient les esclaves. Indignes.

Il faisait chaud. L'air était lourd, chargé de poussière. Sindibad fut pris d'un malaise. Une espèce de nausée accompagnée d'une forte migraine. Il avait assurément quelque chose à vomir. Il se leva, mit la tête contre un mur assez délabré et qui ne servait plus à grand-chose et laissa ses entrailles libérer la bile verdâtre du dégoût. Son corps se vidait. La terre absorbait lentement ce liquide qui prenait d'autres couleurs et formait une mince écume blanche sur des petits cristaux. Il releva un moment la tête et regarda le ciel. Un ciel blanc, épais, étrange. Tout d'un coup il fut aveuglé par une lumière brutale éclairant un moment précis et lointain de sa vie, un moment retenu jusqu'à ce jour par la volonté des ténèbres. Tout se déroula très vite : en quelques secondes il revit une série d'images très vives, ayant la force du vécu. D'abord l'image d'un jeune homme, brun aux yeux clairs. Pas de doute. Ce visage avait un nom : Jamal. Sindibad le reconnut évidemment. Ce visage aimé puis retiré au souvenir revenait cette fois presque avec sérénité comme s'il n'avait jamais disparu. Le souvenir de cette passion s'inscrivit dans le corps de

Sindibad non comme une trace mais comme une rencontre neuve avec lui-même. Des images moins fortes défilèrent très rapidement. Le visage de Jamal était situé dans l'environnement où était née la passion : la Qaraouiyine avec sa fontaine centrale, ses nattes et tapis, avec ses très vieilles horloges non accordées. Le visage d'un professeur, petit et sec, intolérant et autoritaire. Ensuite des rues étroites et sales de la médina de Fès défilèrent devant son regard surpris, étonné, heureux. Il sentit sa mémoire combler les trous et se remplir d'images, de sons, de parfums et de mots. Il était comme un morceau de terre fêlée par une longue sécheresse, et qui était tout d'un coup inondée par des fontaines et des sources d'eau pure et fraîche. Le sentiment de s'enrichir très vite et de récupérer une partie de sa vie laissée quelque part le remplissait de joie inquiète. Des choses revenaient à leur place dans la précipitation et le désordre. Il savait qu'il était trop tôt pour maîtriser ce flot incessant et éblouissant. Il laissait les événements s'installer et oubliait la blancheur particulière du ciel. Il s'était isolé le temps de ces retrouvailles. Le mur qui était là par hasard, au milieu d'un champ, avait dû être un bout de maison. Il n'était plus inutile. La tête de Sindibad se maintenait contre la pierre. Il aspirait à un calme profond. Il gardait les mains et le front contre le mur, silencieux, tremblant, secoué par l'émotion. Il avait peur de la lumière, peur de ce village où les mémoires se mutilaient, peur de perdre le goût et le parfum de cette terre imbibée par les sources du passé. Le vertige le quittait avec lenteur, le corps retrouvait la paix. Sur la pointe des pieds, il rejoignit Yamna et lui demanda de quitter sur-le-champ Douar Nif. Elle remarqua que son visage était éprouvé. Elle ne dit rien. Le temps des tempêtes était arrivé. Ce village n'en était que le symbole. Le voyage devait cependant se poursuivre. Leur destin ne leur appartenait plus depuis longtemps.

En partant, Sindibad ne se retourna pas, de peur de tout perdre. Il était épuisé par cette effusion soudaine. « Les souvenirs les plus enfouis finissent toujours par réapparaître, mais jamais au moment où on les réclame, où on les attend », se dit-il. Des larmes retenues sur les cils donnaient à sa vue l'impression du flou propre au rêve. Ses lèvres répétaient une pensée lue dans un livre inachevé :

« Seul l'aveugle connaît la crédulité de la lumière. »

Ils marchèrent longtemps à pied, sans se retourner, sans dire un mot. De temps en temps leurs regards se croisaient : l'oubli impératif de Douar Nif s'imposait. Yamna, fidèle à sa sérénité, montrait le chemin et ne laissait rien voir des tourments qui la travaillaient depuis ce matin. Elle sentait Sindibad encore sous le choc et ne pouvait prévoir les effets que ses retrouvailles avec lui-même allaient produire. Son visage était voilé, moins pour se protéger de la poussière que pour dissimuler une réelle inquiétude. Elle pensait que la halte à Douar Nif était une erreur. « Je n'aurais pas dû. C'était trop brutal et imprévisible. A présent qu'il est rétabli dans son être, poursuivra-t-il la marche, ou sera-t-il tenté de partir à la recherche des repères et des êtres qui lui avaient été brutalement retirés par le temps ? Où le mènera sa passion naguère interrompue ? »

Argane n'était pas habituée à marcher longuement à pied. Elle s'arrêta et dit :
— J'ai faim et soif.
— Tu as raison, nous n'allons pas attendre la tombée de la nuit pour chercher un gîte, dit Sindibad.

Yamna sentait se lever un petit vent de révolte. Pour la première fois elle perdit son calme :
— C'est une journée pénible; le chemin est long et la patience est nécessaire; le fond de l'air est gris et je n'aime pas la couleur de ce ciel. Il faut que nous nous éloignions le plus possible de Douar Nif. Alors marchons...

15

...*et dans la cage thoracique,*
le « Dîwân » d'Al Hallaj...

Elle avait des mains lourdes et ridées, des mains qui venaient juste de quitter la terre et les pierres. Elle portait sur le dos un fardeau de bois et marchait en fixant le sol. Ce fut elle qui vint vers Yamna et lui demanda s'ils avaient besoin d'aide.
— De l'eau pour les pieds et une galette pour l'estomac, dit Argane.
— Suivez-moi, hôtes de cette terre bienheureuse.
Comme des aveugles tâtonnants, ils la suivirent sans dire un mot. La maison était une grande pièce construite en pisé. Des ouvertures hautes dans le mur laissaient passer une lumière filtrée par des bouts de palmes. Un vieil homme était assis près de la porte. Il ne faisait rien, attendait peut-être le retour de quelques égarés. A l'intérieur de la pièce, une jeune femme allaitait un enfant. Tout autour d'elle trois petites filles faisaient le ménage et allumaient les bougies. Le vieil homme se leva et accueillit les invités. Quelques mots simples et des gestes de bienvenue.
La générosité de cette famille pauvre qui partagea le repas et la pièce avec les voyageurs fatigués, redonna

espoir à Yamna. Les ancêtres restaient présents et veillaient sur l'enfant et son destin.

Ils échangèrent peu de paroles. C'était une famille attachée encore à la terre : laquelle était abandonnée par les hommes. Le vieil homme avait quatre fils, deux travaillaient en France, un s'était engagé dans l'armée et un autre traînait dans une grande ville. Les nouvelles étaient très rares. La terre n'avait pu les retenir. D'ailleurs ils ne venaient presque plus voir le vieux. De temps en temps, l'un d'eux envoyait un mandat, un petit signe qui rendait le vieil homme encore plus triste.

Yamna s'était levée très tôt et préparait avec les femmes les galettes du matin. Argane puisait l'eau du puits et lavait ses pieds. Sindibad dormait. L'enfant attendait le lever du jour. Au premier rayon du soleil, Yamna vint le prendre dans ses bras et s'installa sous un arbre :

> Il y a longtemps que mes paroles ne te sont pas parvenues. Je te sentais impatient. Mais il faut que je te dise — il n'y a qu'à toi que je peux me confier —, j'ai failli perdre espoir et tout abandonner. Je suis seule à tout décider dans cette traversée. Sindibad a retrouvé la mémoire, ou plus exactement le souvenir suprême qu'il avait perdu. J'espère qu'il continuera jusqu'au bout. Argane est une enfant émouvante. Je sais que sa présence t'apaise. J'essaierai de la garder auprès de nous jusqu'à la fin. Après tout, le pays de l'arganier, c'est l'extrême Sud. D'ailleurs nous approchons des sables. Je ne sais pas si j'aurai la paix et le silence de cette aube pour te conter la suite de l'histoire du cheïkh.

Alors, écoute-moi, peut-être ce sera la dernière fois que te parviendra la voix de l'Histoire :
... Donc les Français occupent la Chaouia. Le sultan Abdel Aziz est destitué. La France le remplace par Moulay Hafid. Cheïkh Ma -al-Aynayn réagit violemment contre le fait accompli colonial; il renforce la résistance au Sud et se prépare à une lutte fatale. Ses soldats étaient des militants de la foi islamique. Il fallait repousser à tout prix l'envahisseur, ennemi de la nation marocaine et de sa religion, l'Islam. Ma -al-Aynayn décida d'élargir le front de la résistance et dépêcha une partie de ses guerriers au nord du Maroc. La France était consciente du danger venant du Sud. Elle concentra tous ses efforts pour écraser la résistance saharienne. Un nouveau commandant des forces françaises débarqua avec la mission précise de « nettoyer » le Sud : Le colonel Gouraud massacra les troupes de l'émir Ould Aïda et occupa l'Adrar et le Trarza. L'armée française attaquait de tous les côtés. Saquiat el Hamra était en danger. Smara était menacée. Ma -al-Aynayn ne s'attendait pas à une telle charge. Le Maroc perdait sa dignité comme un corps qui perd son sang. Les hommes bleus résistèrent jusqu'au dernier. Il y eut beaucoup de martyrs. Ma -al-Aynayn réunit ses fils et leur dit :
« Il y a trois siècles les Chorfas du Sud, les Filaliens, ont dû monter vers le Nord pour renverser la dynastie saâdienne, traître à la nation et à l'Islam car elle pactisait avec l'ennemi portugais.

« Aujourd'hui le pays est en train d'être occupé. La France s'installe. Notre devoir, notre conscience et notre foi exigent que nous portions la résistance dans tout le pays, y compris au Nord. J'ai décidé de marcher sur Fès, de lutter contre le sultan qui capitule et contre les étrangers qui s'apprêtent à violer notre terre, à nous déshonorer, à détruire notre identité et notre civilisation.
« Nous ferons la prière d'Al Fajr à la zaouia et nous partirons. » Il ne devait pas revoir sa zaouia ni sa ville, Smara. Le lendemain matin, il fut rejoint par l'ensemble des tribus sahariennes. Ouled Delim, les Reguibet, les Ouled Ben Iba... C'était une armée de combattants décidés à mourir plutôt qu'à accepter l'occupation du pays.
Ce fut le général Moinier qui commanda les troupes françaises dans la bataille de Tadla. Durant deux mois — juin et juillet 1910 — les Sahariens résistèrent : l'armée française recevait des renforts du Nord et de l'Est, car elle était aussi basée en Algérie. Un massacre. Aucun guerrier de Ma -al-Aynayn n'abandonna la bataille. Il n'était pas question de retourner à Saquiat el Hamra avec la honte du vaincu.
Abattu, désespéré, cheïkh Ma -al-Aynayn voulait mourir au Sahara. Il s'arrêta à Tiznit et attendit la mort. Mutilé dans sa vie, il ferma sa porte et son visage. Il fit libérer ses chevaux et dromadaires, distribua ses armes et donna aux enfants tous ses livres. La rumeur prétend qu'il les vendit. Qu'importe! Il était devenu l'homme renoncé, dépouillé de tout et aussi de lui-même, disponible, libre dans

l'amertume de la défaite, débarrassé des mots et objets. Il s'installa dans un profond silence. Il continuait à faire sa prière, dans son lit, avec les yeux, sans bouger. Il se concentrait et pensait sa prière. Il mourut dans son sommeil, la nuit du vingt-troisième jour d'octobre, la dixième année de ce siècle. Sa tombe n'est pas à Smara mais à Tiznit. Son fils, El Hiba, reprendra quelques mois plus tard la résistance. Il fut rappelé, comme on dit, par les sables qui l'enroulèrent dans leurs dunes et le silence.

Sindibad s'était retiré sous un olivier chétif et récitait à voix haute des vers d'Al Hallaj :

اُقْتُلُونِي يَا ثِقَاتِي إِنَّ فِي قَتْلِي حَيَاتِي
وَمَمَاتِي فِي حَيَاتِي وَحَيَاتِي فِي مَمَاتِي
إِنَّ عِنْدِي مَحْوَ ذَاتِي مِنْ أَجَلِّ المَكْرُمَاتِ
وَبَقَائِي فِي صِفَاتِي مِنْ قَبِيحِ السَّيِّئَاتِ
سَئِمَتْ نَفْسِي حَيَاتِي فِي الرُّسُومِ البَالِيَاتِ
فَاقْتُلُونِي وَاحْرِقُونِي بِعِظَامِي الفَانِيَاتِ
ثُمَّ مُرُّوا بِرُفَاتِي فِي القُبُورِ الدَّارِسَاتِ
تَجِدُوا سِرَّ حَبِيبِي فِي طَوَايَا البَاقِيَاتِ

LA PRIÈRE DE L'ABSENT

Tuez-moi, ô mes amis
Ma vie est dans ma mort
Et ma mort est dans ma vie
Et ma vie c'est de mourir
Annuler mon être
C'est me faire un don
Me laisser tel que je suis
Est le pire des maux
Mon âme porte le dégoût de ma vie
A travers les décombres.

Tuez-moi donc
Brûlez-moi avec mes os fêlés
Passez ensuite voir mes restes
Éparpillés parmi les tombes oubliées
Vous trouverez le secret de mon Ami
Dans les plis de ce qui reste.

Il interrompit ces invocations au moment où Yamna s'approcha de l'olivier :
— Que fais-tu Sindibad?
— Je prie!
— Depuis quand as-tu retrouvé la foi?
— Faut-il avoir la foi, croire en Dieu pour prier? Ma prière est un chant emprunté à un vieil ami qui eut l'audace de se confondre avec la Vérité. Il fut jeté en prison, torturé, occis, mis en croix, décapité et enfin brûlé à Bagdad en l'an 922. Ses cendres furent jetées dans le Tigre, mais sa voix ne cesse de traverser les siècles et les déserts pour venir habiter des cœurs impatients, des corps ravagés par l'Amour de la Vérité et du Sublime. Tu sais comment il parlait de l'Amour?

« Écoute :

طلعت شمس من أحبّ بليل ف‍
‍ـاستنارت فما عليها [من] غروب
إن شمس النهار تطلع بالليـ
ـل وشمس القلوب ليس تغيب

LA PRIÈRE DE L'ABSENT

> L'aurore du Bien-Aimé s'est levée, de nuit;
> Elle resplendit, et n'aura pas de couchant.
> Si l'aurore du jour se lève la nuit,
> L'aurore des cœurs ne saurait se coucher.

Yamna, émue, émerveillée tendit la main à Sindibad qui se leva. Pour la première fois leurs mains se touchèrent. Ils marchèrent le long d'un sentier, en silence. Yamna découvrait un autre homme, épanoui, heureux, plus disponible qu'avant.

— C'est très beau! dit Yamna. Tu sais, j'ai raconté ce matin la fin de Ma -al-Aynayn à l'enfant. Je suis inquiète. Il n'a eu aucune réaction. Il ne sourit plus. Plus nous nous approchons du désert, moins je suis sûre de moi.

— Ne crois-tu pas que nous nous approchons de la fin?

— La fin de quoi?

— Du sursis que le destin et les ancêtres nous ont accordé. Tu ne trouves pas que nous traversons le pays et le temps avec l'élégance du renoncement? Bientôt plus rien ne nous retiendra. Nous sommes déjà sans attache, libres de tout. La violence qui nous environne et qui s'abat sur les êtres dépossédés ne saura nous détourner de notre marche. De quoi pourra-t-on nous dépouiller? Nous ne possédons rien. Une immense désillusion, de la mélancolie. De la lucidité et du rire. Tu vois, Yamna, je sais que nous ne sommes plus mobilisables! Nous l'avons été au départ. A présent il faut dire à ceux que nous rencontrons que nous ne sommes pas un exemple à suivre. Certes notre mission est belle : ressourcer l'âme d'un enfant dans l'esprit d'une haute mémoire!

— On dirait que tu te sens coupable...
— Je ne suis pas encore l'Indifférent... Il nous reste du chemin à faire, des gens à découvrir et des histoires à tisser. Allons! Les mots m'enivrent. Partons!

Ils montèrent à l'arrière d'un camion qui transportait une tonne d'oranges en vrac.

16

Le village de l'attente

Le village n'avait pas de nom. Certains l'appelaient « le kilomètre vingt », d'autres ironisaient : « C'est la terre d'attente! » C'était en effet sur cette terre sans grand attrait que des familles mutilées par le tremblement de terre d'Agadir s'étaient réfugiées. Elles attendaient, depuis cette nuit de février 1961 où la terre s'ouvrit pour emporter ses biens, le retour qui d'un père, qui d'un fils, qui d'une sérénité brisée par la colère de la pierre. Il y avait là peu d'hommes. Les femmes étaient assises sur des bancs de pierre et attendaient. Certaines fumaient des cigarettes « Troupe » offertes par des soldats qui s'arrêtaient souvent là pour leur acheter de l'huile d'argan.

Derrière ces murs en pisé, un buisson d'arganiers constituait l'unique fortune de ces êtres de l'attente.

Le camion débarqua ses passagers devant le village. Le chauffeur dit à Sindibad.

— « Le kilomètre vingt » porte bonheur. Ne comptez plus sur Dieu. Ici les gens ne lèvent plus le regard vers le ciel, mais tous les soirs tendent l'oreille et écoutent la terre. Ils ont dressé des chiens et des chats pour surprendre le moindre mouvement des entrailles de cette terre aveugle. Ils ont appris à attendre, à espérer, mais non à oublier. Les femmes sont ravagées par l'obsession de la pierre. Elles se méfient de la lune quand elle est pleine. Je vous laisse entre des visages cuivrés mais des mains et des cœurs profondément humains.

Une femme très maigre et toute ridée s'approcha de Yamna :
— As-tu du kif et du vin?
— Non. J'ai du pain, des oranges et quelques figues.
— Et l'homme, il n'en a pas, lui?
— Hélas, non! Je n'ai rien. J'ai juste un macaron de *ma'joun* que m'a donné oncle Brahim.
— Soyez les bienvenus sur cette terre où ni Dieu ni ses prophètes n'ont droit de regard et encore moins d'intervention. C'est un lopin de paix que nous avons durement acquis. Alors ici, pas de prière, pas de pute non plus.

Une autre femme, obèse, habillée de robes très colorées, sans bouger de son banc cria :
— Ne leur fais pas peur! Tu vois bien que ce sont des gens d'un autre monde. Donne-leur la tente qui est dans le buisson, et ne les embête plus. Venez, approchez. Dieu n'est plus là pour piller vos songes et pensées.

Argane était émue. Elle allait enfin dormir auprès de quelques arganiers. La tente n'était pas très grande. Yamna et Sindibad étaient fascinés par ces femmes qui passaient leur temps à fumer du kif ou du haschisch et à boire du vin. Ils sentirent que le village vivait sous le signe de l'extrême abandon et du renoncement, même si ses occupants s'acharnaient à attendre quelque retour, faisant de cela une raison bien fragile pour ne pas se donner à la mort. Leur révolte était née d'un profond sentiment d'injustice causée non par des hommes, dont les méfaits pouvaient toujours être contournés ou combattus, mais par ce qu'on avait pris l'habitude d'appeler la Nature ou Dieu. Certaines femmes avaient posé des bombes dans des commissariats et brûlé les fermes de colons pendant la lutte pour l'Indépendance. D'autres avaient empoisonné des cheïkhs féodaux qui volaient les terres des paysans pauvres. Il y avait là un brigand qui avait donné un sérieux coup de main aux jeunes nationalistes du Sud. A présent, il vivait là avec son chien, paisible, sans rien attendre. La mort pouvait venir le cueillir. Non ce serait lui qui irait vers elle; il ne tolérait pas d'être surpris par ses foudres. Alors il avait tout prévu et mis presque vingt ans à tout préparer : elle ne viendrait ni de la terre ni du ciel, mais du fond de son être. Il choisirait un matin d'automne pour avaler une pâte de ma'joun trempée dans de l'huile d'argan et un peu de cyanure. Il mourrait en riant, sous l'effet du haschisch et du poison. Son corps ne serait pas enterré. D'ailleurs aucun corps de ce village n'était enterré. Brûlé. Le feu serait attisé par quelques branches sèches d'arganier et quelques palmes. Une des femmes irait jusqu'à la mer et jetterait ses cendres dans les flots de l'Atlantique. Il était heureux. La terre n'aurait pas sa peau, ses os, ses yeux. Elle lui avait tout mangé : ses filles, sa femme, ses armes. Il n'avait survécu à la catastrophe d'Agadir que pour cette vengeance sur une terre meurtrière et avare. Chacun prenait plaisir à déjouer l'absurdité de la mort. Sous aucun prétexte la mort ne devait frapper la première ni bénéficier de l'effet de surprise. Les femmes comme les hommes passaient ainsi leur temps à préparer minutieusement le rituel de leur propre mort. C'était là leur unique raison de vivre. Depuis que la terre de leurs pères et ancêtres s'était ouverte, une nuit, pour se refermer sur des milliers de vies et de destins à jamais interrompus, depuis qu'Agadir devint une mémoire achevée, faite de deuils impossibles, ces quelques survivants, lambeaux d'êtres, ombres frappées de lucidité et de haine, firent de ce village le lieu de la revanche.

La moyenne d'âge dépassait la soixantaine. Le temps n'avait pas beaucoup de sens. Il passait dans l'indifférence générale.

La femme très maigre et ridée souhaita de nouveau la bienvenue à Yamna et ses compagnons :

— Vous resterez un peu avec nous. Ici, pas besoin de se formaliser. Nous sommes les êtres du crépuscule les plus désabusés du pays. Nous sommes libres, sans attaches, et nous n'attendons rien, surtout pas quelque chose du ciel. Au début nous nous sommes mis à attendre. Nous avions même construit ces bancs de pierre. A présent nous avons renoncé à attendre, mais non à piéger l'ange exterminateur, cette fripouille!

Sindibad ne disait rien, mais serrait le bras d'Argane. L'autre femme se leva de son banc et vint vers Argane :

— Que tu es belle! C'est la première fois que je vois une jeune fille depuis au moins cinq ans. Sois la bienvenue. J'espère que tu n'as pas de raison d'être fâchée avec la terre. Nous, nous avons toutes les raisons pour la piétiner et la souiller. Toi tu es pure, belle, innocente. Ne sois pas effrayée par notre folie. Nous sommes des orphelins, sans cœur, déchirés. Cette nuit nous avons une fête. Nous vous invitons à célébrer avec nous le départ joyeux de Hamaqa. Il a décidé de rejoindre les flots de l'Atlantique. Quel bonheur! Il connaîtra la longue nuit des fonds marins. Il nous laissera sa part d'huile, et c'est moi qui irai disperser ses cendres.

On l'appelait Hamaqa parce qu'il disait qu'il était le seul fou de ce village. Il était pêcheur. Au moment du tremblement de terre, il se trouvait dans un car qui le ramenait de Casablanca. Il apprit la nouvelle à Marrakech et erra toute la nuit sur les routes. Au bout de quelques jours, il rencontra un groupe de rescapés qui marchaient le long de la route. Il se joignit à eux. Ce fut le groupe pionnier qui fonda « le village de l'attente ». Bien d'autres survivants vinrent vivre dans ce village, dans l'esprit et selon la loi de l'abandon et de la revanche.

Hamaqa se rasait la barbe près de la fontaine, entouré de quelques compagnons chargés de préparer le rituel de la fête. L'un d'eux, vraisemblablement le brigand, devait s'occuper du ma'joun. Il avait une recette particulière : le haschisch était mélangé à une pâte d'amande et de noix, le tout pétri avec du miel, de la cannelle, des graines de sésame, de l'huile d'argan et une pincée de terre trempée dans du cyanure. Ces quelques grammes de terre mêlés ainsi au « ma'joun de la revanche » attestaient les traces que la perversité avait laissées chez le vieux brigand. Un autre compagnon était chargé de ramasser les brindilles et les branches mortes dans le buisson. Deux femmes s'occupaient du repas. Le vin, le kif, les danseurs et musiciens noirs, Gnaoua, devaient venir de Marrakech.

Le soir, après un dîner léger, tout le village fut convié à venir écouter les dernières paroles de Hamaqa. Yamna resta sous la tente avec l'enfant à qui elle dit :

> Nous voilà détournés de notre chemin. Nous sommes loin à présent de Fès et de ses cimetières. J'ai déjà oublié la couleur de cette ville quand elle se voile des lumières de l'aube. Les gens de ce village croient pouvoir triompher de la mort. Abandonnés de Dieu, des maîtres et des prophètes, ils ont désappris la vie. J'aime leur révolte, mais je n'envie point leur destin. Nous ne nous arrêterons pas à Agadir. Nous traverserons la ville sans réveiller les soupçons de la terre.

On installa Hamaqa sur un lit de paille et d'herbe. Les femmes, vêtues de leurs plus belles robes l'entourèrent. Les hommes s'étaient assis derrière elles et tenaient des bougies allumées. On plaça Sindibad et Argane au pied du lit. Hamaqa décida de s'adresser à eux en particulier. La tradition, c'était de donner la parole à celle ou à celui qui s'en allait. Généralement la personne passait en revue les moments importants de sa vie et les commentait jusqu'au lever du soleil. Quand tout le monde fut réuni, Hamaqa couché, la tête légèrement relevée, dit :

> Un ami lettré me citait souvent cette pensée d'un grand philosophe : « La mort est bonne, cependant

il vaudrait mieux encore n'être jamais né. » Et ma mère pleurait toujours à chaque naissance. Nous étions pauvres. Mon père ne savait faire que des enfants. Alors ma mère protestait en silence et balbutiait de temps en temps cette phrase : « Si Dieu existe, je n'aimerais pas être à sa place. Il y a trop de misère. Il y a trop à faire. » Je ne sais plus si c'est ma mère qui disait cela ou si c'est moi qui l'inventais. Je crois que les gens de la mer craignent moins Dieu que la nature. En tout cas, depuis que je me suis retiré sur cette terre maudite, je ne me suis laissé abuser par aucune espèce d'espérance. Si nous sommes les gens du crépuscule, dignes de la haute lucidité, ennemis de l'ogre des sables, nous pouvons au moins rire de cette vie et mourir les bras tendus vers la mer.

« Ce que j'aime chez les Gnaoua c'est qu'ils savent, bien mieux que nous, piétiner de leurs pieds nus et rudes cette terre molle et inhospitalière. Ils dansent en répudiant les âmes attachées à ce monde et à ses apparences. Je voudrais les voir entrer en transe, ivres de toutes les images accumulées dans leurs corps tannés par le soleil, possédés par les *djnouns* rappelés du plus lointain des abîmes. C'est dans cet état d'absence, de sueur et de sang, que j'avalerai par petites bouchées le ma'joun de mon vieil ami le brigand. D'après ses calculs, mon corps se donnerait aux flammes au moment précis où les Gnaoua tomberaient tous de fatigue et sombreraient dans un long et profond silence. Bien sûr aucune prière ne sera dite, ni en ma présence ni en mon absence.

Il s'arrêta un moment de parler et regarda l'assistance.

— Mais où sont nos invités... Il manque la femme et l'enfant. Dites-leur de venir. J'aimerais dire quelque chose à cet enfant. Allez les chercher.

Argane se leva et courut chez Yamna.

— Le vieux demande à parler à l'enfant. Il faut venir. Ce qu'il dit est merveilleux, mais je ne comprends pas très bien sa haine de la terre et la rancune qu'il garde au fond de lui-même.

— N'aie aucune crainte, Argane. Quand la terre tremble, tout s'écroule, tout, sauf les arbres. En plus, l'arganier a une résistance à toute épreuve.

Quand Hamaqa vit arriver Yamna et l'enfant, il se redressa, puis, après un moment de réflexion, reprit son discours.

> A présent, je voudrais livrer un message à cet être que le hasard et le vent ont déposé entre nos mains. Longtemps ce village a été interdit aux enfants. Nous étions quelques-uns à cultiver l'infirmité du cœur et à éloigner de nous tout ce qui pouvait rappeler la tendresse ou tout geste de faiblesse. C'est que notre regard ne se posait que sur la pierre lourde et cruelle.
> Je suis heureux que pour le premier jour de ma mort des étrangers soient parmi nous. Point de secret. Nous sommes nus, livrés en toute liberté au néant.
> Cet enfant qui se tait échappera aux morsures de la vipère. Je sais aussi qu'il vient d'un lointain obscur,

peut-être même d'un labyrinthe commun et peu honorable. Mais il va de l'autre côté de la vie. S'il arrive à atteindre le Sud, l'extrême Sud, il pourra enfin mourir dans un grand éclat de rire.
Voilà ce que j'avais à dire. Pour nous, l'oubli est notre métier. Mais sachez que c'est un métier impossible, impraticable. Dites à présent aux Gnaoua de se mettre en place. Je voudrais entendre leurs pieds donner des coups à la terre, et leur tambour scander le rythme du feu. Que leurs cœurs battent et que le sang soit versé sur ces pierres indécentes. J'attends le signal du brigand pour avaler le pain de la délivrance!

L'assistance se dispersa, formant un grand cercle, et attendit l'arrivée des Gnaoua. Les gens mangeaient peu mais buvaient et fumaient beaucoup. Au milieu de la nuit Yamna emmena l'enfant sous la tente. Elle resta auprès de lui et ne dormit pas. Sindibad suivait le rythme des Gnaoua, tapait des mains. Il s'était déchaussé et frappait fort de ses pieds la terre. Argane, assise sur un banc, assistait à la fête. Elle était étonnée et même émerveillée. Du bûcher s'élevaient des flammes hautes et belles, éclairant le grand cercle où déjà quelques femmes étaient en transe. Ce que les lèvres des Gnaoua répétaient à l'infini était incompréhensible. Ce n'était ni de l'arabe, ni du tachlhit. Des mots appartenant sans doute à un parler africain, probablement d'une des tribus de Guinée.
Hamaqa riait fort pour dissimuler les douleurs que le poison provoquait. On dit que le rire du haschisch

l'emporte toujours au début sur les cris du cyanure. Avec l'arrivée du soleil, le rire se fit rare et on entendait des gémissements étouffés. Le tambour résonnait, les têtes tournaient, les crotales rythmaient le lever du soleil et l'arrivée de la mort. L'aube vint dans un grand silence La tête de Hamaqa tomba sur un oreiller de paille. Deux femmes le déshabillèrent. Son corps fut enduit d'huile d'argan et lentement déposé sur la braise. Sindibad chercha une bûche, après avoir hésité un moment, il la jeta dans les flammes. Argane ne put retenir ses larmes, se précipita chez Yamna et pleura sur son épaule.

En quittant le village, Yamna sentit monter en elle la nausée. Argane était pâle et fatiguée. Sindibad s'arrêta un moment près du bûcher, sourit et salua de la main ce qui restait de Hamaqa.

« Après l'oubli, c'est l'attente! » se dit Argane. Le pays serait-il ainsi doublé de villages et de douars clandestins, non déclarés, occupés par des êtres de l'abandon? Où nous mène le vent à présent? Nous ne sommes pas loin d'Agadir, ville sans âme, ombre épaisse d'une âme défunte, figure esquissée dans les plis de l'apparence et du temps...

Ils se mirent à côté des paysannes qui transportaient de grands couffins chargés de légumes et de fruits. Le car Essaouira-Tiznit devait s'arrêter pour les prendre. Les femmes attendaient paisiblement sous l'arbre. Une voiture assez luxueuse s'arrêta tout près des couffins. Un homme cravaté et parfumé en descendit et s'adressa à l'une des femmes :

— C'est à vendre ces oranges?
— Bien sûr, sinon pourquoi les aurais-je cueillies, et pourquoi serais-je là sous l'arbre à attendre le car d'Agadir?
— Combien?
— Combien quoi?
— Tout. Je t'achète tes deux couffins...
— Rien que ça! Mon pauvre monsieur!
— Quoi, tu ne veux pas?
— Décidément, ces gens de la ville, dès qu'ils mettent un costume ils oublient qu'ils sont marocains... Écoute, mon fils. J'ai passé trois jours à cueillir ces fruits et ces légumes. Aujourd'hui je me suis levée très tôt. Je marche depuis ce matin, à pied. Je vais au marché d'Agadir pour vendre mon bien. Je ne me suis pas levée à l'aube pour me débarrasser en un clin d'œil de tous mes fruits et légumes. Je vais à Agadir m'installer dans mon petit coin, étaler mes produits, saluer le gardien, demander des nouvelles de Rahma qui est malade, et vendre mes oranges et mes tomates à plusieurs personnes. J'aimerais recevoir la même somme que tu m'offres mais de plusieurs mains, avec plusieurs sourires, et venant de visages différents. Je suis désolée, je ne me débarrasse pas de ma marchandise, je la vends. Et je passe toute une journée à la vendre. Sinon quelle vie aurions-nous? Et quel intérêt de ne plus aller jusqu'au marché?
— Ah, bon! Je ne comprends rien à ce que tu racontes.
— Tu vois qu'il vaut mieux que tu ne manges pas mes oranges. Moi, j'ai peut-être un défaut, mais j'aime vendre mes produits aux gens qui me comprennent!...

L'homme, furieux, monta dans sa grosse voiture et

disparut laissant derrière lui un nuage de poussière. La femme se tourna vers Yamna et lui dit :

— Tu vois, ma sœur, ce sont des gens qui manquent de pudeur! Enfin voilà le car qui arrive. Suis-moi si tu veux être bien placée dans cette charrette enfumée...

Yamna prit place à côté de la paysanne qui n'arrêtait pas de faire des commentaires sur tout. Elle donna quelques oranges au conducteur.

— C'est un brave type, mais il conduit tellement mal... Tu vois le type avec la chéchia, c'est « P'tit singe », il ressemble à un chacal. C'était un conteur à Jamaa el Fna, mais depuis quelques années il s'est recyclé. Une ou deux fois par semaine les gens du village lui paient le voyage jusqu'à Agadir ou parfois Marrakech. Il regarde la télévision, surtout le film qui passe tous les soirs en petits bouts, puis revient et raconte l'histoire à l'assemblée du village. Il la raconte à sa manière, joue plusieurs rôles, se déguise, chante, danse, crie, pleure, rit. Il anime à la lueur des bougies les veillées du jeudi et du vendredi. Parfois il invente tout. Un jour, au lieu d'aller voir la télévision, il est parti chez les femmes. En rentrant il a raconté une histoire qui n'avait ni queue ni tête, il bafouillait. L'assemblée l'a puni et envoya à sa place « P'tit malin », un apprenti muezzin, qui n'est plus revenu...

— Pourquoi on l'appelle « P'tit singe », s'il ressemble à un chacal? demanda Argane.

— C'est plus amusant. Tu vois, par exemple, moi, je m'appelle Hadja! Non seulement je n'ai jamais mis les pieds à La Mecque, mais je ne fais pas le ramadan et ne me souviens pas quand j'ai prié pour la dernière fois! Au fait, qu'allez-vous faire à Agadir, et d'où venez-vous?

— Nous venons de loin, dit Yamna, et nous ne ferons que traverser Agadir. Nous allons rendre visite à un parent enterré à la limite des sables.

— Agadir est une ville qui n'a plus de respiration. Elle est orpheline à jamais. Elle a un cœur en béton armé et des enfants au sourire figé. C'était une mère abusive. Elle a mangé ses enfants... Au village, la terre peut trembler... elle ne nous aura pas!

Le souk se trouvait à l'entrée de la ville. La brume cachait les bâtiments bien ordonnés. Ce jour-là, il y avait eu tout autour une foule et une agitation inhabituelles. Un camion des Forces auxiliaires était stationné là. On entendait des cris, des mots répétés : « La lumière, la lumière, nous voulons la lumière. »

La paysanne se tourna vers Yamna :

— Ça y est, ils sont de retour. C'est formidable! Ce sont des aveugles qui manifestent. Ils réclament la lumière dans leur foyer. Ils sont entretenus par une espèce de crapule qui a été trois fois à La Mecque et qui se présente comme leur bienfaiteur. Il leur a construit un foyer, leur a donné du travail, mais en même temps règne sur eux en toute impunité. Il les tient par sa prétendue générosité et le pacha le laisse maître en son domaine. C'est un agriculteur qui a spolié plus d'une famille. Il s'occupe des aveugles mais exerce sur eux sa petite dictature. Ainsi, l'autre jour, il a interdit un mariage qu'il n'avait pas arrangé lui-même. C'est un type dangereux et qui jouit de la confiance totale des autorités. En fait, le pacha ferme les yeux sur tout. Il est pratiquement payé pour cela! La vie est parfois pleine d'ironie. S'ils réclament aujourd'hui d'avoir de l'électricité dans le foyer c'est pour leurs enfants qui, eux, ne naissent pas aveugles! Ce salaud n'osera pas les mater au souk, il attendra qu'ils soient au foyer pour lâcher sur eux sa folie et sa fureur. Salut mes amis! Prenez ces oranges pour votre longue route...

17

Le miroir vide

L'enfant attendit toute la nuit la visite de Lalla Malika. Il gardait les yeux ouverts et veillait ainsi sur le sommeil des autres. Sindibad s'agitait. Yamna balbutiait des mots inintelligibles. Argane faisait semblant de dormir. Ils étaient installés pour cette nuit dans une grande maison abandonnée, à moitié détruite par le tremblement de terre. Les silences d'Agadir étaient lourds. Tant de vies interrompues hantaient encore les murs fêlés et la terre indifférente.

Soutirée à ces silences, la voix de la grand-mère parvenait à l'enfant dans un rythme lent :

Mon enfant! Ils ont rêvé le Sud et perdu les repères. Ni le village de l'oubli ni le village de l'attente ne figurent dans la mémoire de ce pays. Je t'ai extirpé à la terre molle de Fès pour que tu sois mêlé à d'autres visages de la folie et de la douleur. J'avais conseillé de laisser la porte ouverte au doute et à l'erreur pour que la vérité puisse aussi entrer. Sache à présent que l'Empire du Secret n'est plus un songe ni une citadelle dessinée à l'horizon. Tu es ce rêve et cette citadelle. Tu es à l'intérieur de ce rêve, intouchable, insaisissable, pierre taillée de mes mains et forme prise à mon souffle. Seul un être fait de rêve peut t'atteindre. Seule une voix émise par une substance de mes racines peut te parvenir. Attends-toi à voir l'univers se plier à la volonté des forêts qui avancent, à voir les sables se retourner dans le vertige des mots et des images, à voir le jour se prolonger dans l'éternité et la béatitude. Tu verras les hommes puissants jeter leur armure et s'agenouiller devant l'arbre. Tu verras cheïkh Ma -al-Aynayn courir sur son cheval et rejoindre le Nord. Tu verras enfin dans la nuit engendrée par le miroir de l'enfance ton visage faisant don des yeux et du poème. Tu seras fidèle à l'orgueil des ancêtres et au tumulte intérieur. Mourir de cet orgueil, de ce tumulte et de ces mains; c'est une chose que tes ancêtres savaient très bien faire. Ils étaient d'une bien meilleure qualité dans leurs gestes et leurs silences que les hommes d'aujourd'hui, affairés, impatients, dominateurs et vils. Un conseil pour finir : je ne voudrais plus t'entendre évoquer le labyrinthe et le vertige. Tu as devant toi l'étendue plate du silence. C'est l'unique miroir que je te laisse. N'entre pas à Agadir. Ce n'est même pas un cimetière. Il faut le contourner. Cela vous évitera quelques désagréments...

Le visage du borgne était traversé d'une lueur funeste. Il était accroupi, tenant entre ses dents un pan de sa djellaba marron foncé et faisait semblant de ranimer un veau, mort depuis peu. Un visage sec avec un petit front où on lui avait fait quelques incisions pour lui extirper le sang mauvais. Les petites cicatrices, rencontrant des rides profondes, composaient ainsi un dallage mouvant. Il regarda autour de lui et, d'un geste bref et précis, trancha la gorge de la bête. Un mince filet de sang noir coula lentement. Devant lui, des gosses à moitié nus jouaient avec de la boue et un moineau mort. Ils avaient les yeux enflés, rongés par le trachome, et couverts de mouches. Ils ne prêtèrent aucune attention à cet homme qui, sans même enlever la peau, découpa l'animal en tranches à l'aide d'une hache de bûcheron et entassa les morceaux de cette viande bleue dans un sac de blé américain où était dessinée une poignée de deux mains sur fond de drapeau des États-Unis, avec cette inscription en plusieurs langues : « Don du peuple américain. » Le sang s'était vite coagulé et dégageait une puanteur suffocante. Les enfants découpèrent la tache de sang durci en plaquettes et s'en allèrent en criant : « Qui veut du chocolat? Qui veut du chocolat? » Yamna assista à la scène depuis le début et n'arriva pas à prononcer un mot. Elle eut plusieurs fois envie de vomir mais se retint. Elle s'assit sur une pierre, désemparée et troublée.

— Ceci est un mauvais présage. Je n'ai pas supporté le regard de cet homme. Il me regardait de biais. Il doit être un sorcier ou un esclave possédé au service d'un charlatan... Mais qui l'a mis sur notre chemin? Pourquoi ce sang noir?

— C'est un signe, dit Sindibad. A mon avis nous ne devons pas enjamber le sang. Il pue la mort.

— Nous sommes encore loin de Tiznit. J'avoue que

je ne sais plus où je suis. Si nous voulons avancer, il faudra traverser cette ligne noire.

En passant de l'autre côté de la route pour rejoindre le buisson et la piste, l'homme borgne avait laissé traîner derrière lui le sac de viande morte qui dégoulinait, traçant ainsi une ligne en pointillés de sang noir. Peut-être qu'il barrait ainsi le passage. Ce trait hésitant le séparait des vivants. C'était une barrière, une porte invisible à ne pas pousser ni ouvrir. C'était un miroir vide.

L'impression d'interdit était tellement forte que Yamna balbutia quelques prières, ce qui ne lui était pas arrivé depuis très longtemps. Argane s'était mêlée aux enfants et courait avec eux dans la poussière. Sindibad fixait la ligne de sang noir et avait l'air de quelqu'un qui tente d'échapper à quelque emprise. Allait-il se laisser prendre au piège de la superstition et de la sorcellerie ? Le malaise venait d'ailleurs. Yamna n'était plus sûre d'elle-même et commençait à manifester des signes de fatigue et d'impatience. L'enfant dormait dans un grand couffin à l'ombre du figuier. Quelqu'un les avait abandonnés. C'était le sentiment commun à Yamna et à Sindibad.

L'histoire de l'homme borgne n'était pas due au hasard. Elle devait annoncer quelque chose. Pas forcément une mauvaise nouvelle. La route du Sud venait d'être fermée, et ils ne le savaient pas. Et comment l'auraient-ils su ? Sindibad se souvint d'une histoire étrange que sa tante lui racontait : il existe au sud du pays une secte à l'ordre secret connue pour devancer le malheur. Fermée sur elle-même, elle se tient à l'écart des paysans et citadins. Pour se prémunir contre les catastrophes, elle se nourrit de viande morte.

Sindibad n'osait pas faire le lien entre cette histoire qu'il croyait pure légende et mensonge et la situation de malaise où ils se trouvaient. En tout cas ce n'était pas le moment d'en parler à Yamna qui tournait autour de l'arbre en se disant : « Mais, qu'allons-nous devenir? »

— Vous allez le savoir tout de suite! répondit une voix rauque et désagréable.

Un homme d'autorité, habillé d'une djellaba blanche, portant un poignard en bandoulière, s'approcha de Sindibad. Deux hommes armés — ni soldats ni policiers, mais des agents des FIR (Forces d'intervention rapide) l'accompagnaient;

— Nous recherchons une jeune fille brune, seize-dix-sept ans, qui a disparu... On nous a dit qu'elle a été vue avec un homme et une femme ayant un enfant dans un couffin... C'est une fille qui travaillait dans une famille de gens bien à Marrakech... Où est-elle?

L'homme était menaçant. Argane jouait de l'autre côté. On entendait ses cris d'enfant. Sindibad s'apprêtait à dire quelque chose quand Yamna s'adressa à l'homme d'autorité.

— Comment s'appelle-t-elle?

— Zineb bent Taleb Ma'achou. Ses parents l'avaient donné à El Hadj...

— Mais Taleb Ma'achou ce n'est pas un nom de famille... Ça veut dire « mendiant »...

— Et alors! C'est parce qu'on n'a pas de nom qu'on est mendiant, ou qu'on le devient... Bref, nous n'allons pas entrer dans des discussions inutiles... Où est-elle? Où est Zineb?

Ne se doutant de rien, Argane sortit du buisson en souriant, le visage en sueur retenait de la poussière grise. Quand elle aperçut l'homme en djellaba blanche, elle prit la fuite.

— Rattrapez-la, ordonna-t-il à ses agents. Elle a maigri, vous ne lui donniez pas à manger?...

Avant de partir, elle sécha ses larmes, prit les mains de Yamna et les baisa :

— Adieu! Je retourne à la cage.

En démarrant, la jeep souleva un nuage de poussière enveloppant les gamins dont certains jetaient des pierres dans tous les sens pour marquer leur colère.

Au fond, Yamna était soulagée. Elle regarda Sindibad qui hochait la tête comme pour dire : « Un problème en moins! »

Ils s'étaient attachés à cette enfant égarée dans ses désirs, ses mensonges pour vivre, et sa vie qui n'était pas une vie. En même temps, son intrusion dans le groupe avait perturbé le cours des choses. Depuis Marrakech, Yamna ne savait plus où se trouvait le chemin tracé par les ancêtres.

Elle pensait à présent à la solitude qui se rapprochait de plus en plus d'elle et aperçut à l'horizon une image violente et brève : c'était le visage de Boby que dévoraient des vers et des fourmis sous un soleil très doux. Cette apparition s'imposait à elle avec la force d'une vérité brutale. C'était cela la première certitude de ce jour pénible. Elle regarda autour d'elle : des terres abandonnées et des arbres malades. Des pierres rouges. De la terre brune. La poussière au loin, au bout de la piste. L'enfant dormait. Sindibad était sur le point de partir. C'était la deuxième certitude de la journée. A présent qu'il était à la porte du Sud, sa mémoire retrouvée le tirait violemment vers le Nord. Il n'avait pas envie de résister ni de forcer le destin. Il se laisserait emmener par le vent et la poussière. Il ne dirait rien à Yamna. Elle le savait. Irait-il à Bouiya Omar enquêter sur la mort de Boby? A quoi bon! L'enfer a ses lois et ses mystères. Non, il ne s'aventurerait pas dans le labyrinthe de la mort. Ce qu'il espérait le plus à présent c'était l'oubli de Sindibad et du cimetière. Que ne pouvait-il échanger une amnésie contre une autre!

La présence d'Argane le distrayait. Elle l'empêchait de penser à l'avenir. Il avait une grande tendresse pour cette jeune fille sortie du néant. Depuis qu'elle avait rejoint la caravane, les chemins étaient de moins en moins sûrs. Leur aventure ressemblait à un jardin dont les sentiers bifurquaient dans la tête d'un conteur qui ne savait plus où mener ses personnages. A partir de Marrakech, les lieux, chemins et villages, devenaient mouvants, des images inventées, des tourbillons et des visions absolument incertaines. Argane devait être un personnage médium qui déréglait la sérénité et la logique de l'oubli. Ainsi Sindibad retrouva le souvenir perdu à la faveur d'une vision étrange où le dégoût se mêlait à la honte et à la peur. Yamna et Sindibad furent très mal à l'aise durant les deux jours passés au village de l'attente. Ils étaient fascinés par ces personnages qui avaient dompté la violence et la mort et qui riaient des illusions de la vie. Au moment précis où ils étaient en train de quitter ce village, désemparés, vidés, fatigués, après avoir vécu avec la hantise de la terre mouvante, ils apprirent qu'El Asnam venait d'être rayée de la carte. Des milliers d'êtres ensevelis en quelques secondes. Leur première réaction fut de l'indifférence. Ils se regardèrent et haussèrent les épaules. Ils étaient persuadés que c'était un effet de surenchère qu'utilisa le gardien du village dans un grand éclat de rire. Sindibad dit : « Ils sont vraiment fous! Que le ciel et la terre nous en préservent! »

Ce fut seulement le lendemain que la tragédie d'El Asnam les précipita dans un état de trouble et d'angoisse avec forte fièvre et oubli des mots. Ils croyaient avoir inventé ou rêvé le village de l'attente, ils pensaient l'avoir imaginé à l'aide de quelques ingrédients pour échapper à l'ennui et à l'embarras, et puis voilà que le réel, plein et suffisant, haut et moqueur, les narguait dans le rire fou d'une terre voisine qui avala, entre autres, toute une mosquée bourrée de fidèles, un vendredi à l'heure de la prière solennelle... sans distinction de classes, avec la rigueur suprême du néant qui traverse et balaie les vivants.

Argane fut le personnage que personne n'attendait. Ce fut peut-être une erreur ou un malentendu, le mensonge était sa passion et sa raison d'être. Elle débarquait dans cette histoire, un matin où la place Jamaa el Fna était vide et nue. Yamna attendait quelqu'un ou quelque chose. Elle était endeuillée par le départ de Boby mais ne pouvait pas manifester ses sentiments. Lorsque Argane apparut, c'était bien un être en chair et en os, émouvant et troublant, qui faisait son entrée impromptue dans cette histoire. A présent qu'elle était retournée à sa vie quotidienne, Yamna et Sindibad pouvaient s'arrêter et faire le bilan.

Ils n'avançaient point. Même s'ils avaient voulu aller au-delà de la ligne tracée par la viande morte, ils n'auraient pas pu. Quelque chose les retenait avec force et même les tirait en arrière. Un mur de verre, invisible, était ainsi dressé entre eux et le Sud. Des camions militaires recouverts de bâches se dirigeaient vers Tan Tan. Ils n'essayèrent même pas de prendre un autre chemin, tant ils se sentaient empêchés de continuer le voyage. Ils n'arrivaient ni à l'expliquer ni à en parler ils se savaient saisis par la même impossibilité, la même violente interdiction.

Depuis le séjour à Marrakech, il s'était passé tant de choses étranges que les ancêtres avaient dû leur retirer la protection et la bénédiction. S'étaient-ils égarés? Avaient-ils changé d'itinéraire sans l'accord des Sages?

Ils ne se sentaient pas dépassés par cet événement silencieux et brutal, mais réduits à peu de chose, rendus sans ménagement à leur être initial, à l'image pâle de ce qu'ils espéraient devenir. Ils se sentaient abandonnés, vidés des convictions et vérités qui les maintenaient en vie sur le chemin des origines. Tout se démolissait en eux, lentement, avec le sentiment de l'irréversible. Ils se désagrégeaient, se fêlaient peu à peu. Leur peau n'allait pas tarder à se craqueler sous l'effet de la chaleur et à cause de la difficulté à respirer. Ils allaient dépérir selon un processus lent et selon les lois de la défaite. Inéluctable, la chute les ramenait à la dimension du quotidien et de l'ordinaire. Leurs perceptions ne dépassaient pas le visible immédiat et leurs corps étaient ébranlés par de petites secousses qui leur donnaient des sueurs froides. La terre se retirait sous leurs pieds. Ils se laissaient aller comme s'ils étaient sur le point de s'évanouir. Ils auraient préféré perdre conscience, une façon de mourir sans trop le savoir, mourir en dormant, laisser le corps retourner aux sables et à l'humidité de la terre, donner la main à l'ange chargé de recueillir les dernières paroles, les dernières volontés. Justement, ils en étaient totalement dépourvus, privés de la moindre envie, du moindre désir de dire ou de faire. Leur mémoire subissait avec une rapidité extrême un processus d'éclatement, les souvenirs se bousculaient, se mélangeaient, se transformaient, des souvenirs inconsistants, sans importance réelle venant de temps lointains ou d'impressions vives et récentes. Des objets se coloraient progressivement, des mains se tendaient derrière un voile épais, des images se succédaient à grande allure, des sons, des musiques sans harmonie traversaient leur espace et leur corps qui avait de plus en plus de mal à se déplacer tout en se maintenant debout. Après un moment de vertige, ils marchèrent à reculons en fermant les yeux. Ils étaient devenus sourds aux bruits environnants. Des parents leur parlaient, des voitures klaxonnaient, des chiens aboyaient, Yamna et Sindibad n'entendaient rien. Ils voyaient des mains gesticuler mais ne comprenaient rien à ce qui se passait autour d'eux. Ils avaient le sentiment très vif de débarquer dans le territoire d'un rêve mal agencé ou d'un cauchemar interminable. Tout se bousculait dans leur tête. Ils perdaient pied à la manière de quelqu'un en train de se noyer, essayant d'appeler au secours mais dont la voix restait au fond de l'abîme. Plus de repères. Plus de mots. Plus de syllabes.

Un vent fort, un vent chargé de sable, d'épluchures d'oignons, de papiers déchirés et de minuscules petits cristaux, les poussait vers le silence d'une terre proche et paisible gardée par un figuier centenaire et irriguée par une source d'eau saumâtre et tiède connue pour guérir la teigne, la gale et les maladies de l'impatience.

Une terre à l'écart des routes, des camions et de la ville, installée par la volonté de quelques vieux sages au sommet de la solitude, derrière un petit buisson d'arganiers oubliés, entourée de pierres blanchies à la chaux. Était-ce un cimetière, une résidence à l'insu du temps pour les morts anonymes, ou était-ce le lieu sacré où se dénouaient les énigmes et les sorts en suspens?

Yamna dont le visage avait beaucoup vieilli n'en savait rien. Elle n'était plus maîtresse d'elle-même et encore moins de la situation qui l'avait mise sur le chemin de ce pèlerinage.

Sindibad n'osait pas la dévisager. Il ne sentait plus son corps, ou plutôt ses membres étaient tellement lourds qu'il se sentait entièrement écrasé par une pesanteur indéterminée. Son visage était crispé mais gardait ses traits juvéniles, moins marqué par cette dernière épreuve. Il eut le sentiment qu'il allait vivre un événement déterminant, quelque chose à quoi il avait souvent pensé et qu'il redoutait sans trop savoir pourquoi. Sa conscience, troublée, perturbée par la rapidité du changement, était encore entière et lucide. Il se rendit compte que ce n'était pas le cas pour Yamna dont le corps se raidissait, tout en étant traversé de multiples secousses. Elle n'avait déjà plus de dents et éprouvait de grandes difficultés à marcher. Ses mains s'agrippaient à la djellaba de Sindibad et ses yeux avaient perdu leur lumière. C'était Sindibad qui portait le couffin où l'enfant dormait toujours.

Le vent s'était arrêté de souffler au niveau du buisson d'arganiers. Ils s'assirent sur une dalle blanche et s'adossèrent au vieux figuier. Yamna fut saisie par des crises d'étouffement de plus en plus fréquentes. Elle ne respirait presque plus mais haletait, sa cage thoracique se soulevait dans un bruit sourd de canaux bouchés. Sindibad la prit dans ses bras, menue, légère, absente. Elle releva la tête, essaya de prononcer un mot, puis dirigea son regard vers le couffin et serra une motte de terre dans sa main.

Le crépuscule de cette longue journée s'installa lentement sur cette terre où quelques personnages d'exception venaient prendre congé du temps et de la lumière, se laissant ainsi soustraire à l'agitation générale. Il suffisait d'atteindre ce territoire pour connaître enfin la paix suprême.

Yamna ne souffrait plus. Elle respirait normalement et tout son corps était détendu. Elle ne dormait pas. Couchée à même la terre, elle attendait. Sur son visage un léger sourire, celui d'une très profonde sérénité. La grâce lui fut donnée par ce très beau crépuscule. Même Sindibad profita du don paisible d'un ciel rouge mauve et bleu.

Dans le silence de cette lumière ambiguë et douce, apparurent à Yamna quelques visages, d'abord le visage d'un jeune homme, avec des yeux noirs immenses entourés de kohol. Sa barbe de quelques jours lui donnait l'air d'être un homme de passage, pressé par le temps, un homme en fuite, peut-être un brigand, un coupeur de chemin, un aventurier qui avait dû briser des cœurs et des vies. Tantôt souriant, tantôt grave, il brandissait un fusil comme pour annoncer quelque victoire. Yamna suivait tous ses mouvements. Il était inaccessible. Fuyant et insaisissable comme avant, quand elle l'avait aimé au bordel Moulay Abdallah à Fès. Driss n'avait pas changé. L'air d'un jeune révolté que la syphilis avait emporté dans un grand éclat de rire et que la mort avait gardé intact dans sa beauté et sa folie. Il était sur un cheval, de l'autre côté d'une rivière. Il lui tendit la main lui ordonnant de venir le rejoindre. Yamna hocha la tête puis l'image de ce visage disparut. Une larme heureuse était retenue au bord des yeux.

Ensuite ce fut le visage fardé et fatigué de Friha qui apparut. Elle avait mis de grandes boucles d'oreilles en or qui brillaient au moindre mouvement. Sur la tête elle avait enroulé un foulard de couleurs vives brodé de fil d'or que les femmes juives de Fès portaient dans les cérémonies importantes. Friha était en train de manger des gâteaux au miel remplis de pâte d'amande. Elle avait du miel et des miettes sur les lèvres et sur le menton. Elle se gavait tranquillement, assise dans un fauteuil rouge et entourée de deux petites domestiques qui lui massaient les chevilles et les pieds.

— J'ai les pieds fêlés à force de marcher, dit-elle. Cela fait bientôt dix-neuf ans que je marche. Je marche, je m'arrête et je mange mes gâteaux. Tu vois, je n'ai pas grossi et mon cœur est en excellent état. C'est un bijou. A propos, peux-tu me rapporter ma vieille ceinture tressée de fils d'argent et d'or? Elle doit m'aller à présent. Ah, je ne sais pas si tu vas avoir le temps d'aller à Fès...

Le cavalier n'avait plus de rubis sur le front, mais ses mains étaient toujours aussi longues et fines. Lui aussi avait perdu ses dents et son cheval. Il n'était plus un être du songe, mais un quelconque individu de passage. Il sortit de sa sacoche un petit paquet, déchira le papier. C'était le foulard en soie pure, rouge vif, le foulard que le beau cavalier viendrait enrouler autour de son cou, puis, de ses mains fortes et belles, il tirerait sur chaque bout jusqu'à donner la mort douce et silencieuse.

Yamna se rappelait avec précision chaque image d'un passé qui ne lui avait plus appartenu. Elle n'était que l'image de l'autre. A présent que l'image s'était éteinte, retirée dans un autre espace, elle allait mourir de nostalgie, elle allait retrouver les ruelles étroites de la pauvreté. Plus elle allait vers son être, plus sa mémoire se vidait du présent et du passé récent. La traversée du pays avec l'enfant — qu'elle ne regardait plus — n'était peut-être qu'une longue méditation sur l'époque, sur la mélancolie du temps, sur la tristesse des hommes qui s'étaient lentement habitués à l'humiliation. Un voyage rêvé, un pèlerinage inachevé, un passé impossible. Emmener un enfant au Sud pour ressourcer sa mémoire et son être! Un beau sujet de roman ou de conte, mais une illusion dans le réel. Il fallait pour le faire beaucoup de foi et d'inconscience. La foi, les ancêtres la lui inculquèrent; quant à l'inconscience, elle était la substance même de ces êtres d'abandon, oubliés de la vie et soumis à l'extrême misère. Et puis les ancêtres ne donnèrent du cheïkh Ma-al-Aynayn que l'image du héros national, celui qui résista à la pénétration coloniale. Ils oublièrent de dire qu'ils avaient fait de lui un mythe, un saint, une image, dissimulant le caractère féodal, autoritaire et même esclavagiste de ce chef de tribu qui rêvait d'être le chef de tout un État.

Ce fut pour Yamna une aventure qui, même rêvée, s'était ajoutée à ses échecs. Elle s'était éteinte doucement à la manière d'une bougie qui n'avait plus rien à éclairer. Son corps était devenu si menu, si léger que Sindibad n'eut aucune peine à le soulever et à l'enterrer entre le figuier et la source d'eau tiède. Il pleurait mais ne savait plus sur qui il versait ses larmes. Yamna avait été heureuse de prendre sa revanche sur sa vie antérieure. Elle avait retrouvé une force et une volonté à toute épreuve un matin brumeux à Fès. Délivrée de son être avili, elle accédait par la grâce de la foi à un être digne. Mais elle n'était qu'une image, une ombre d'elle-même, fragile et insolite, forte et éprouvée. A présent, le cours des choses allait reprendre sa logique. Yamna n'était plus. Avait-elle jamais été?

Sindibad avait décidé de ne pas quitter le cimetière. Il ne savait où aller avec l'enfant et ne pouvait l'abandonner. L'idée de le laisser près de la source et de s'enfuir traversa son esprit, mais il se mordit vite la lèvre pour se punir d'avoir osé une si funeste pensée. Même s'il n'avait presque pas eu de rapport avec cet enfant — par respect pour les lois du Secret —, il se considérait aussi responsable de lui, surtout depuis que Yamna avait été rappelée de l'autre côté de la nuit.

Il se mit à genoux, regarda son visage dans la source calme. Il n'y vit rien, ou plutôt une image découpée d'un visage fatigué. Il remplit ses mains jointes de cette eau tiède et but plusieurs gorgées. Elle n'était pas bonne au goût mais l'apaisait profondément. Adossé au figuier il essaya de ramasser un peu ses pensées. Il n'était plus tiraillé par le monde extérieur et avait le sentiment vif de rentrer chez lui, de marcher à reculons vers sa propre demeure, une maison de verre qu'il avait abandonnée. Il escaladait des marches et avançait dans des patios et vestibules. Il s'arrêtait auprès d'un citronnier au milieu de la cour pendant que la petite fontaine donnait de l'eau à sa grand-mère venue faire ses ablutions pour la prière. C'était merveilleux de revenir à la maison, à la pierre muette de l'enfance, de marcher dans un espace où les objets le reconnaissaient, se souvenaient de lui, immuables dans leur matérialité. Il avait presque oublié les coins et recoins de la maison natale, de cette chambre à la terrasse où il élevait les pigeons et où encore enfant il jouait avec le corps féminin et ambigu de son cousin. Rien n'avait changé dans le foyer où tout s'endormait selon la loi du maître et de la grand-mère qui avaient un pouvoir absolu sur tout le monde. Il se sentait plein de la chaleur du retour, même si personne n'était surpris de le voir resurgir après une longue absence. Rien n'avait bougé. Les mêmes gestes à travers une même durée : la prière, le dîner silencieux, la veillée autour de la grand-mère, le roucoulement des pigeons et la bonne qui montait à la terrasse au milieu de la nuit pour retrouver son amant mystérieux. Les lumières de Fès étaient ternes ce soir-là. Toute la ville avait dû décider de s'endormir tôt pour laisser le passage à Sindibad, pour le laisser revenir en paix. Un manteau brodé d'étoiles et de croissants de lune recouvrait une partie de la médina devenue un amas de ruines.

Sindibad eut tout à coup des frissons. La nuit était froide. Il regardait le couffin où l'enfant dormait. Il n'osait l'examiner. Il ne voulait pas savoir. Boby avait voulu savoir, il fut frappé par la foudre. Yamna avait manqué de rigueur et d'attention, elle fut rappelée. Lui avait peur, mais se sentait fier d'avoir survécu à tant d'épreuves. Ce n'était donc pas le moment de gâcher cette petite victoire.

Il attendait dans le silence de la terre. Il n'était pas question pour lui de s'endormir, car il savait que l'histoire n'était pas terminée, qu'elle n'allait pas s'achever sur la disparition de Yamna. Sa mort devait être le début de quelque chose d'autre. Il attendait avec la patience et la conviction ferme qu'un événement allait se produire, durant la nuit, ou au plus tard à l'aube.

Il pensait à son ami Boby. Il était déjà loin de cette histoire. Il était même devenu étranger. Ce n'était pas une erreur mais un risque. De toutes les façons Sindibad ne pouvait pas l'abandonner au moment où Yamna était apparue dans le cimetière de Fès. C'était en fait un pauvre homme, pitoyable, comme s'il s'était trompé de planète et d'époque. Sa tête était de la porcelaine fêlée. Il ne put réaliser aucun de ses désirs. Il mourut après avoir connu l'enfer sur terre. A présent il ne souffrait plus. Il était hors d'atteinte. Il ne laissa presque pas de traces derrière lui.

Sindibad préférait penser aux autres. Quant à ce qu'il allait devenir, il n'en savait strictement rien, mais appréhendait quelque chose d'irrémédiable. Ses souvenirs étaient encore embrouillés. Rien de clair dans son esprit. Son corps réagissait. Son esprit attendait. S'il n'y avait cette eau, peut-être qu'il n'aurait pas réussi à rester calme et paisible.

La lucidité revenait avec le silence de ce lieu. Un silence fascinant, oppressant, insupportable. Mais Sindibad aimait ces moments de la nuit, des moments précieux, où les choses devaient arriver avec élégance, des moments chargés car ils devaient précéder l'avènement de quelque chose d'exceptionnel. Ce n'était pas de l'angoisse, mais un surplus d'émotions indéfinies, avec le sentiment d'être envahi par des forces venant de pôles opposés et difficiles à maîtriser. Sindibad avait renoncé à toute résistance. Il se savait pris et possédé par ces forces. Il était prêt à les recevoir, totalement disponible pour accueillir ce qu'il n'avait cessé d'attendre sans le savoir précisément : la vérité. Cette attente l'habitait depuis longtemps, mais de manière confuse. Il se souvenait de ce que lui répétait sans cesse un philosophe agacé par les impatients de l'époque : « Il n'est de vérité que sanglante! »

Était-il en mesure d'agencer d'autres blessures, de suivre d'autres chemins et de se perdre dans l'itinéraire désigné par la terre blessée? Sa vie n'avait plus d'importance. Même le souvenir retrouvé ne lui avait pas donné assez de force ou de conviction pour repartir sur les traces d'un amour qui n'avait pas vécu, un amour brutalement empêché, effacé, rendu à l'illusion, et peut-être même à la mort pure. Il avait tenté un moment de faire le saut dans le passé, mais il doutait de la substance de ce souvenir. Il n'avait ni le désir ni la volonté d'aller fouiller dans les dédales d'une ville qu'il s'était appliqué à détruire maison par maison. Une ville démolie, anéantie par l'absence, vidée de son âme. Les rues n'avaient plus de nom, englouties sous l'eau de Bou Khrarab, une rivière étroite, puant les égouts d'une population fantôme. Non, il n'allait pas agiter en lui le spectre d'un songe qui ne lui appartenait plus. Un songe douteux, recouvert d'une main incertaine, reclus dans la honte et la peur.

Sa naïveté s'était éteinte et ses élans interrompus. Plus rien ne le retenait. Que de choses étaient mortes en lui! C'était l'être défunt, le personnage de lui-même, l'ombre de sa propre apparence. Son corps ne vibrait plus, pas même à ce qu'il fut. A présent qu'il pouvait se souvenir, il refusait ce retour en arrière. Il était travaillé par le deuil, profond et permanent. Il pouvait s'en aller, les souvenirs accrochés à la boutonnière d'un habit de circonstance. Espérer? Quel travail! Quelle exigence! Quel malheur! Une misère à laquelle il ne voulait plus être réduit. Alors il attendait, avec la rage du désespoir, la fin de cette nuit dans le cimetière préservé, la fin d'une longue et douloureuse méditation sur l'humiliation et la mort. Il était devenu l'homme du renoncement, de cette liberté rude, sanglante comme la vérité.

Le jour allait bientôt se lever et il ne serait certainement pas étonné de voir apparaître au loin des cavaliers enveloppés dans des burnous de laine ou des soldats en uniforme de parade, rouge vif, ou une horde d'enfants tirant un âne mort, ou même l'homme qu'il fut à une époque non définie, en tout cas un homme qu'il ne reconnaîtrait pas et qu'il chasserait à coups de pierres, un homme qui ferait partie des « compagnies de la laine et du sang », la laine du renoncement et le sang de la vérité, membre de la secte de l'Un ou disciple d'un maître des mots intérieurs.

Non. Plus rien ne l'étonnerait. Il regardait le ciel, surveillait le mouvement de certaines étoiles comme pour y déceler tout d'un coup une ouverture qui, en un éclair, le happerait, le prendrait définitivement de l'autre côté du miroir.

Le froid sec de cette fin de nuit le ramenait au présent. Il regardait l'enfant et savait qu'il était sa propre fidélité à la lumière qui allait non pas lui montrer le chemin du retour, mais lui désigner, au moment précis, le lieu élu de sa propre fin. Survivrait-il à la chute de l'Empire du Secret après la disparition de Yamna? Retrouverait-il les mots qui lui blessaient la langue et qui foudroyaient ses pensées les plus profondes? Et même s'il était délivré de lui-même, déchargé de tout et remis à la ville, renvoyé à la foule, simple citoyen, réduit par l'amnésie sélective à la moyenne anonyme, où irait-il encore dans ce pays où la corruption des hommes, où l'asservissement des âmes s'étaient généralisés? A qui confier l'innocence de l'enfant quand tout le monde s'accommode de l'humiliation? Il pourrait bien sortir dans les rues, comme son ami Moha, et crier en plein jour : « Peuple, qu'as-tu fait de ta dignité? Peuple, tu n'es plus fier! »

L'aube et la lumière. Entre la nuit lasse et le jour d'une promesse obscure. Il regardait les pierres imbibées de rosée, des pierres au-dessus des tombes, sur le chemin tracé par un mince filet d'eau. L'herbe était aussi mouillée. Un moineau sautillait d'une pierre à l'autre. L'air était frais. Le ciel s'éclairait à peine.

Au loin, à l'autre bout de la piste, Sindibad les vit venir. Lentement, ils avançaient. Il n'arrivait pas à les voir distinctement. Étaient-ils trois, quatre ou une seule personne? C'était une image mouvante et colorée qui devenait de plus en plus nette. Ils s'approchaient du cimetière d'un pas lent. Sindibad n'était nullement surpris. Il était même soulagé de les voir arriver. Ils étaient trois. Le cheval était monté par une femme. Elle portait une très belle robe de mariée, une robe mauve, brodée de calligraphies dorées. Sur sa tête un diadème et sur sa poitrine, des colliers de perles et des broches en argent, des bijoux du Sud. Son visage était maquillé selon la tradition : du rouge foncé sur les lèvres, du kohol autour des yeux, du rouge clair sur le front et le menton, et quatre grains de beauté formaient un losange sur chaque joue. A chaque bras dix bracelets en or. Autour de sa taille fine, une ceinture en or. Deux hommes marchaient derrière le cheval. Ils portaient une immense gandoura bleue et un turban du même bleu sur la tête. La couleur de leur visage était très brune, presque bleue.

Arrivés à l'entrée du cimetière, ils s'arrêtèrent, laissant la femme aller seule jusqu'au figuier. Le cheval devint nerveux comme s'il était réticent. Elle s'approcha de Sindibad qui n'avait pas bougé, le regarda longuement et, se tournant vers la source, dit :

— Je viens chercher l'enfant.

Sindibad ne dit rien. Il essaya de voir qui se cachait derrière ce visage et ces parures. Il crut reconnaître Argane. Elle avait les yeux très noirs. Mais il ne pouvait regarder ce visage sans avoir mal aux yeux. Cette présence irradiait quelque chose d'étrange, une douleur insoutenable. Son regard était comme une brûlure. La femme était très belle. Il n'osait la regarder en face ni lui parler. Elle le fixait du regard. Sindibad se sentait oppressé, comme s'il avait une barre de fer très lourde sur la poitrine. Il essaya de se lever. Il tituba, faillit tomber. Il prit le couffin et le donna à la femme qui le mit devant elle et le serra contre son ventre. Il aurait aimé lui dire quelques mots, des recommandations, ou simplement lui murmurer une phrase ou un vers d'Al Hallaj à l'oreille. Son corps le lâchait. Il s'affaissa près du figuier pendant que la dame sur le cheval repartait lentement. Il les vit s'éloigner le long de la piste. La lumière de ce matin était un peu voilée par une légère brume. Il les distinguait à peine. La vue se retirait peu à peu de ses yeux. L'image devenait de plus en plus floue. Sindibad posa la main droite sur une pierre blanche, ferma les yeux et sentit son corps partir lentement, comme si on retirait une peau, une fourrure ou un vêtement. Il eut froid, puis tout s'apaisa. Le ciel, le jour, la lumière. Il souriait et se laissa attirer par la terre qui s'ouvrait doucement à lui jusqu'à ce qu'elle le recouvrît entièrement et se referma en même temps que le soleil se levait.

18

La prière de l'absent

Il y avait une foule dense en ce vendredi à la mosquée Moulay-Idriss de Fès. Une chaleur épaisse et moite. On avait l'impression de suffoquer comme si on avait les poumons remplis d'un liquide lourd et trouble. Le ciel était presque jaune. Le soleil était voilé. La ville pesait du poids des siècles tissés de silence et de lassitude. Elle s'enfonçait un peu plus dans l'argile. Fès, la ville ancienne, la ville des villes, s'isolait, ramassait ses ruines, s'abandonnant à la torpeur indifférente et laissait les mosquées ouvertes aux litanies. Elle simulait.

En ce vendredi d'août, Moulay-Idriss était occupée par des jeunes gens fougueux venus des montagnes et des plaines. Ils étaient habillés sobrement et avaient tous la barbe taillée de manière identique. Ils donnaient le ton et imposaient le rythme de la lecture du Coran. Le cheïkh qui présidait la prière n'était pas de Fès non plus. Il avait la même barbe qu'eux. Il devait être leur maître à penser. Il prononça sur un ton magistral une leçon où furent dénoncées la vanité des puissants et l'absence de dignité chez ceux qui se sont accommodés de l'humiliation quotidienne. Il fut écouté dans un grand silence.

Après la prière solennelle, il appela l'assistance à une

prière de l'absent, sans rien préciser. C'était presque un ordre. Les gens se levèrent tous dans un même mouvement, se serrèrent les coudes, formant des rangées harmonieuses et parallèles.

Dans le mihrab, en face du cheïkh, il n'y avait bien sûr pas de corps. C'est le principe même de cette prière extraordinaire. Sans se prosterner, une prière fut dite sur des corps absents, des corps anonymes, disparus, ensevelis dans une terre lointaine, enveloppés par la solitude des sables ou par les vagues d'une mer houleuse.

Tanger, Essaouira, Paris
mai 1980-février 1981

Table

1. La passion de l'oubli — 11
2. L'année du typhus — 23
3. Oublier Fès — 35
4. Les pages blanches du livre — 47
5. Yamna — 59
6. Le miroir suprême — 73
7. Sindibad — 79
8. Le danseur — 93
9. Prends-moi avec toi, je suis ta fille, tu es ma mère... — 99
10. La nuit claire de l'apparence — 123
11. 'Achoura — 141
12. Bouiya Omar — 153
13. Argane — 167
14. Le village de l'oubli — 177
15. ...et dans la cage thoracique, le « Dîwân » d'Al Hallaj... — 189
16. Le village de l'attente — 197
17. Le miroir vide — 211
18. La prière de l'absent — 233

DU MÊME AUTEUR

Harrouda
roman
Denoël, « Les lettres nouvelles », 1973
« Relire », 1977
et « Médianes », 1982

La Réclusion solitaire
roman
Denoël, « Les lettres nouvelles », 1976
et Seuil, « Points », n° P 161

Les amandiers sont morts de leurs blessures
poèmes
Maspero, « Voix », 1976
prix de l'Amitié franco-arabe, 1976
et Seuil, « Points », n° P 543

La Mémoire future
Anthologie de la nouvelle poésie du Maroc
Maspero, « Voix », 1976 (épuisé)

La Plus Haute des solitudes
essai
Seuil, « Combats », 1977
et « Points », n° P 377

Moha le fou, Moha le sage
roman
Seuil, 1978
prix des Bibliothécaires de France
et de Radio Monte-Carlo, 1979
et « Points » n° P 358

A l'insu du souvenir
poèmes
Maspero, « Voix », 1980

L'écrivain public
récit
Seuil, 1983
et « Points », n° P 428

Hospitalité française
*Seuil, « L'histoire immédiate », 1984 et 1997 (nouvelle édition)
et « Points Actuels », n° A 65*

La Fiancée de l'eau
théâtre, suivi de
Entretiens avec M. Saïd Hammadi,
ouvrier algérien
Actes Sud, 1984

L'Enfant de sable
*roman
Seuil, 1985
et « Points », n° P 7*

La Nuit sacrée
*roman
Seuil, 1987
prix Goncourt
et « Points », n° P 113*

Jour de silence à Tanger
*récit
Seuil, 1990
et « Points », n° P 160*

Les Yeux baissés
*roman
Seuil, 1991
et « Points », n° P 359*

Alberto Giacometti
Flohic, 1991

La Remontée des cendres
suivi de
Non identifiés
*poèmes
Édition bilingue,
version arabe de Kadhim Jihad,
Seuil, 1991
et « Points », n° P 544*

L'Ange aveugle
nouvelles
Seuil, 1992
et « Points » n° P64

L'Homme rompu
roman
Seuil, 1994
prix Méditerranée, 1994
et « Points » n° P116

La Soudure fraternelle
Arléa, 1994

Poésie complète
Seuil, 1995

Le premier amour est toujours le dernier
nouvelles
Seuil, 1995
et « Points » n° P278

Les Raisins de la galère
roman
Fayard, « Libres », 1996

La Nuit de l'erreur
roman
Seuil, 1996
et « Points » n° P541

Le Racisme expliqué à ma fille
document
Seuil, 1998
nouvelle édition, 1999

L'Auberge des pauvres
roman
Seuil, 1999

BUSSIÈRE CAMEDAN IMPRIMERIES À SAINT-AMAND (6-99)
DÉPOT LÉGAL : MAI 1997. N° 31985-3 (992413/1)